광산 탈출

아름다운 청소년 ⑪

광산 탈출

초판 1쇄 인쇄 2015년 3월 9일 | 초판 1쇄 발행 2015년 3월 16일
지은이 제인 볼링 | **옮긴이** 이재경 | **펴낸이** 방일권 | **펴낸곳** 별숲
출판등록 2010년 6월 17일 제398-251002010000017호
주소 서울특별시 광진구 구의동 587-54 현대7단지 상가 301호
전화 031-563-7980 | **팩스** 02-6209-7980 | **전자우편** everlys@naver.com

ISBN 978-89-97798-31-5 44890
ISBN 978-89-965755-0-4 (세트)

이 도서의 국립중앙도서관 출판예정도서목록(CIP)은 서지정보유통지원시스템 홈페이지(http://seoji.nl.go.kr)와
국가자료공동목록시스템(http://www.nl.go.kr/kolisnet)에서 이용하실 수 있습니다.(CIP제어번호: CIP2015006889)

광산 탈출

제인 볼링 장편소설

별숲

나의 가족에게,
그리고 우리에게 희망을 주는
세상의 모든 스파이크 마포사에게
이 책을 바칩니다.

1

오늘 밤 갱에서 총격전이 벌어졌다.

최근에 모잠비크 꼬마 두 명이 새로 들어왔다. 둘 중 한 녀석은 서투르게나마 영어를 했다. 그 녀석이 총소리에 들썩였다. 녀석이 일어나 앉아서 자기 전등을 켰다. 그리고 항상 곁에 데리고 있는 친구 녀석을 쿡쿡 찔렀다. 친구 녀석은 불 켠 녀석보다도 몸집이 작았다.

두 녀석은 열세 살이나 열네 살쯤 됐다. 나는 열여덟이지만 여기서 그 정도 나이 차이는 30년 차이와 맞먹는다.

불 켠 녀석이 친구에게 무슨 말인가 했다. 나는 모잠비크 말을 몰랐다. 하지만 목소리가 들떠 있는 걸로 봐서 녀석은 총소리가 무슨 좋은 징조인 줄 아는 모양이었다.

"그렇게 막 켜면 전등 배터리가 금방 닳아."

내가 살벌한 말투로 경고했다. 파파 마부소가 이 리쿠르트(신입 직원이라는 뜻)의 통솔을 나에게 맡긴 뒤부터 쓰기 시작한 말투였다.

파파 마부소는 여기로 팔려 온 아이들을 허울 좋게도 '리쿠르트'라고 불렀다. 자기를 믿는 나만 빼고 그렇게 불렀다. 4년 전에는 나도 파파의 '리쿠르트'였다는 걸 잊은 모양이었다.

녀석이 내 쪽으로 고개를 돌렸다. 하지만 전등은 여전히 끄지 않았다. 땅속에서는 사람 얼굴이 제대로 보이지 않는다. 우리가 쓰는 전등이 그림자를 너무 많이 만들어서 그렇다. 하지만 나는 땅 위에서 봤던 녀석들의 얼굴을 기억하고 있었다. 우리가 다시 갱으로 내려오던 날, 파파 마부소가 이 모잠비크 녀석들을 우리 팀에 합류시켰다. 그게 두 달 전이다. 그날 작은 녀석은 불안해하는 기색이었다. 하지만 자기 친구가 계속 자기 나라 말로 웃겨 주고 달래 줘서 그런지, 완전히 겁에 질린 얼굴은 아니었다.

녀석은 어떤 일이 기다리고 있을지 쥐뿔도 몰랐다. 녀석은 영어로 나와 파파에게도 나불댔다. 얼른 일을 시작하고 싶어서 마음이 달아 있었다. 당당히 어른 몫의 일을 하면서 돈을 두둑이 벌 거라는 기대감에 차 있었다. 녀석의 눈이 빛나고 있었다. 녀석은 쉬지 않고 방실거렸다. 녀석은 두 볼이 불룩해질 만큼 해맑게 웃었다.

나는 갱에 들어오던 날 아침에야 두 녀석을 보았다. 야밤에 이곳 바버톤 산간 지대로 데려온 것이 분명했다. 내가 아이들이 자는 헛간 문을 잠근 뒤에 말이다. 파파는 아이들이 갱 밖에 나와 있을 때는 헛간에 가둬 두었다.

　나도 전에는 그렇게 갇혀 지내는 아이들 중 하나였다. 하지만 지금은 파파 마부소가 나를 신뢰했다. 하기야 남은 아이들 중에 내가 가장 나이가 많으니 선택의 여지가 없었을 거다. 파파는 심지어 나를 집에 보내 주기도 했다. 그 덕에 지난 2년 동안 두 번 스와질란드에 다녀왔다. 파파는 내가 다시 돌아오리라는 걸 알았다. 다른 어른 자마자마(불법 폐광 채굴에 동원된 사람)들처럼. 그것이 어른과 아이의 차이였다. 고향으로 도망치려는 놈들은 아이들 중에서도 신참내기들뿐이었다.

　이 녀석은 총싸움을 탈출의 기회로 생각하고 있었다. 총소리는 어른들이 모여 자는 곳보다 더 먼 곳에서 들렸다. 잘 때도 어른들이 항상 더 넓은 공간을 차지했다. 그게 관행이었다. 무엇이든 맨 마지막으로 남는 것이 나와 아이들 몫이었다.

　"너 이름이 뭐냐?"

　내가 전등을 켠 녀석에게 물었다.

　두 달이 됐지만 나는 두 녀석의 이름을 몰랐다. 갱 속에서는 그게 정상이었다. 그런데 내가 왜 지금 녀석의 이름을 묻고 있는 걸까? 나도 모를 일이었다.

　"난 타이바 나카."

　녀석이 말했다. 녀석이 웃고 있는 걸 알 수 있었다.

　"내 친구는 아이레스."

9

녀석이 생글생글 웃었다. 내가 녀석의 이름을 물어봤다는 이유만으로 저렇게 웃다니. 머리가 어떻게 된 거 아니야? 땅속에서 웃는 인간은 없다. 땅속에 들어오면 아이들은 순식간에 철이 든다. 그런데이 타이바라는 녀석은 아직껏 애로 남아 있는 듯했다.

"저게 뭐 같아? 저 총소리 말이야."

내가 물었다.

나는 평소 갱 속에서 누구에 대해서든 무슨 일이든 알려고 하지 않았다. 특히 이 아이들, 이른바 파파의 리쿠르트들에 대해서는 아무것도 알고 싶지 않았다.

그런데 내가 왜 타이바에게 이런 질문을 던지고 있는 걸까? 모르겠다. 따끔하게 현실을 깨닫게 해 주려고? 녀석 안의 아직 철들지 못한 아이를 발로 뻥 차서 내쫓고 어른으로 길들이려고? 다른 아이들은 처음 몇 주면 정신 차리는데, 이 녀석만 아직도 헤매고 있었다.

"경찰 아닐까? 경찰이 와서 우리를 여기서 꺼내 줄 거야. 나랑 아이레스를 집에 데려다줄 거야."

녀석이 말했다. 경찰이기를 바라는 목소리였다.

"멍청한 소리 집어치워. 경찰은 갱에 내려오지 않아. 경찰은 그만한 돈을 받지 않아. 여기는 너무 위험하거든. 광산 회사들이 광산을 닫으면서 돈을 많이 주고 사설 경비를 고용했어. 우리를 잡으라고 말이야. 경비는 우리를 잡다가 경찰에 넘기는 인간이야."

"그럼 같은 거 아냐?"

타이바는 말귀를 못 알아들었다.

"나랑 아이레스한테는 같은 거 아냐? 여기 우리나라 애들이랑, 스와질란드 애들이랑, 짐바브웨에서 온 애랑."

땅속에서 웃을 일이 생길 줄은 몰랐다. 나는 흉측하게 웃었다. 갱의 낙석이 목숨을 깔아뭉개듯 웃음으로 녀석의 멍청한 천진난만함을 뭉개 줄 작정으로 말이다.

"그냥 우리 쪽 어른들이랑 다른 신디케이트(불법 금광 채굴을 하는 조직) 어른들이 총질하는 거라고 생각해. 그게 속 편해. 저게 경비들이면 큰일 나. 경비가 어떤 놈들인지 알아? 나는 내 눈으로 봐서 알아. 원칙대로 하는 놈들이 아냐. 어쨌거나 이제 뭐, 총질도 끝나 가네."

30초 전에 마지막 총성이 난 뒤로 잠잠했다. 지금은 어른들의 성난 목소리만 들렸다. 갱에서 매일 듣는 익숙한 목소리. 우리 쪽 어른들 목소리였다. 그중 한 명이 고통에 겨운 신음 소리를 냈다. 비명을 지르기도 했다. 나는 사망자가 생겼는지 아닌지도 궁금하지 않았다. 있거나 말거나 나와 상관없는 일이었다. 다른 신디케이트가 이 갱을 접수한 게 아니라면. 경비들이 우리를 몰아내는 게 아니라면.

한때는 나도 타이바와 비슷했다. 나도 그때는 이 열기와 어둠에 끝이 있을 줄 알았다. 어떤 아이들은 실제로 끝을 맞았다. 시작되자마자 끝나는 경우도 있었다. 나는 그렇지 않았다. 적어도 지금까지 나는 운이 좋은 축에 들었다. 하지만 행운이 계속될 순 없다. 계속되는 것은 어둠뿐이다. 나도 여기서 죽을 가능성이 높다. 갱이 무너져서 죽거나, 괴어 있던 유독가스를 마시고 죽거나, 아니면 총에 맞아 죽거나. 얼마 안 가 신디케이트가 나도 다른 어른들처럼 무장시킬 테고, 총싸움이 나면 나도 총을 쏴야 한다. 그러면 나를 쏘는 사람도 생긴다. 차라리 잡혀서 감옥에 가는 것이, 그래서 스와질란드로 강제 추방되는 것이 나으려나? 추방돼도 다른 어른들처럼 얼마든지 돌아올 수 있으니까.

이게 자마자마에게 되풀이되는 인생이었다. 땅속, 감옥, 다시 땅속. 여기 어른들 중 일부는 이미 두세 번씩 감옥에 갔다 왔다.

"하지만 나랑 아이레스는 집에 돌아가야 해. 가족들이… 걱정해."

녀석은 고집불통이었다.

녀석에게 보일 리 없지만 나는 어깨를 으쓱했다. 그리고 녀석에게 말했다.

"나도 4년 전에 인신매매로 남아공에 왔어. 조그만 지나면 집 생각도 별로 안 날 거야."

"모잠비크 우리 집으로 어떤 남자가 왔어. 그 남자가 그랬어. 남아공에 좋은 일거리가 있으니 딱 한 달만 일하면 돈을 많이 벌어 올 수 있다고. 나한테 좋은 일자리라고 했어. 난 우리 나라로 놀러 오는 남아공 사람들 도와주면서 영어를 배웠거든."

녀석의 목소리에 그리움 같은 게 묻어 나오는 걸 보니 행복한 기억인 모양이다.

"그리고 국경을 넘으니까 그 남자가 우리를 파파 마부소한테 넘겼어. 파파가 그랬어. 광산에서 어른 몫의 일을 하고 어른이 받는 돈을 받는다고. 하지만 아무것도 못 받았어. 형이랑 어른들은 음식 팔러 오는 사람한테 먹을 거랑 마실 거랑 사는데, 우리는 못 사. 파파가 여기 내려보내는 음식은 음식도 아냐. 아이레스가 아파. 우리가 많이 못 캔다고 페이스맨이 때려서 그래. 그러니까 우리는 여기서 나가야 해. 집에 가야 해."

"처음 2년 동안은 나도 돈 한 푼 못 받았어."

내가 말했다. 그따위 소리로 동정 살 생각 말라는 취지였다.

"인내심을 가져. 일단 돈이 들어오면 그 맛을 못 잊어. 그래서 파파는 내가 돌아올 거라고 믿는 거야. 파파는 지금도 돈의 일부만 나한테 주고, 나머지는 자기가 간수해. 가끔은 내가 직접 돈을 들고 스와질란드에 가게 해 줘. 엄마에게 갖다주라고 말이야. 나는 고향에 갔다가도 돌아와서 다시 갱에 내려와. 갱에는 한 번 내려오면 기본이 3개월이야. 한 번은 반년을 내리 있었던 적도 있어. 그러고 나서 다시 올라가는 거야."

반만 사실이었다. 나는 돈 때문에 이 일을 계속하는 거고, 내가 할 줄 아는 것도 이것밖에 없었다. 나는 여기 와서 2년 만에 그리워하는 것도, 주위에 관심을 가지는 것도 포기했다. 그리움과 관심은 힘든 걸 더 힘들게 할 뿐이었다. 열기와 어둠 속에서 반 벌거숭이로 일하고, 시도 때도 없이 두들겨 맞고, 총소리에 놀라고, 죽을지 몰라

떠는 것만으로도 충분히 힘들었다. 무엇보다 나는 살아남고 싶다는 마음을 접었다. 살고 싶은 마음은 공포를 광기로 키운다.

"아니야. 난, 아이레스를 데리고 집에 가야 해."

타이바는 통 알아먹기를 거부했다. 말했다시피 녀석은 고집불통이었다.

"꿈 깨라, 부티(시스와티 어로 '형제'라는 뜻. 시스와티 어는 주로 스와질란드에서 통용되고, 남아공의 일부에서도 쓰인다)."

내가 녀석을 부티라고 부르다니, 내 말에 나도 놀랐다.

"네가 페이스맨과 다른 어른들을 몰라서 그래. 저 어른들은 우리를 외국인 꼴통이라고 불러. 그리고 우리를 갱에서도 가장 위험한 곳에 배치해. 저 사람들이 너희를 나가게 해 줄 것 같아? 갱에서 나간다 해도 도망 못 가. 그때는 파파 마부소가 너희 몸과 눈이 회복될 때까지 가둬 놓거든. 그랬다가 다시 내려보내. 경찰? 들어는 봤냐, 뇌물? 뇌물 받아먹는 경찰이 우글우글해…."

"그럼, 스파이크 마포사가 우리를 구해 줄 거야."

타이바가 확신에 찬 소리로 말했다.

나는 오늘 밤에만 벌써 두 번째 웃음을 터트렸다.

"모잠비크 꼬마 촌놈이 스파이크 마포사 얘기는 또 어디서 주워들었을까?"

"애들도 다 알아. 스파이크 마포사가 여기서 멀지 않은 데 산대."

"새로 온 자마자마는 다들 그 소리더라. 레소토 애들 말로는 거기가 아마, 벨콤이라지?"

"아니, 스파이크 마포사도 한때 이 근처 광산에 있었대. 여기 바버톤에."

녀석은 정말 강적이었다.

"그냥 하는 얘기일 뿐이야. 스파이크 마포사라는 사람은 없어. 원래부터 없었어."

"나는 있다고 믿어."

타이바는 몇 초 기다리다가 내가 아무 소리 없자 이렇게 물었다.

"형은 이름이 뭐야?"

"레길레. 레길레 들라미니."

내 이름을 말하는 게 이렇게 낯선 느낌일 줄이야. 누가 내 이름을 물어본 적이 언제였더라? 기억도 가물가물했다. 가끔은 내가 진짜로 존재하는 사람이 아닌 것 같은 느낌이 들었다. 갱 밖에 있을 때도 나는 유령이나 다름없었다. 나는 붐비는 곳을 피하고 문제될 만한 일들을 피했다. 이름과 신분증과 신용카드 같은 것을 요구하는 사람들을 피해 다녔다. 내게는 아무런 증명서가 없었다. 스와질란드에 다녀올 때도 몰래 국경을 넘었다. 처음 넘을 때는 얼른 우리 나라로 들어가고 싶어서 부렘부 국경 검문소인 조세프스달 근처에서 국경을 넘었다. 하지만 험한 초원을 가로질러야 했고, 멀리 돌아가는 결과를 낳았다. 그래서 다음번에는 미리 길을 따져 보고 맛사모 검문소인 젭스리프 근처에서 국경을 넘었다.

"레길레 형."

타이바가 외국인 발음으로 부르는 내 이름은 더더구나 낯설었다.

"아까 형이 그랬지? 형도 인신매매로 팔려 왔다고. 그런데 지금은 형네 나라에 가? 가족들도 만나고? 형네 엄마 아빠는 뭐래?"

"엄마밖에 없어. 동생들이랑."

땅속에서 엄마 얘기를 하고 싶지는 않았다. 엄마 생각을 하는 것도 위험한데 엄마 얘기는 더 위험했다.

"엄마는 내가 남아공에 있는 거 몰라. 엄마는 내가 만지니에서 괜찮은 일을 하는 줄 알아. 나를 데리고 국경을 넘어서 파파 마부소에게 넘긴 남자가 애초에 약속했던 그런 일 말야. 됐어? 여기 오는 애들 사연은 다 똑같아."

녀석의 입을 틀어막아야 했다. 집에 가겠다는 얘기도, 스파이크 마포사가 구해 줄 거라는 얘기도 못하게 말이다.

"아까 2년이라고 했지? 돈도 전혀 못 받았어? 형네 엄마는 그동안 형이 어디 있다고 생각했어?"

타이바는 여기서 탈출하거나 구조될 거라는 허무맹랑한 믿음만 끈질긴 게 아니었다. 녀석의 궁금증도 못지않게 끈질겼다.

엄마의 생각까지 상상해 본 적은 없었다. 내가 집을 떠나 연락두절 상태였던 세월 동안 엄마가 느꼈을 공포까지 상상할 수는 없었다. 내가 기억하는 것은 나중에 엄마에게 했던 거짓말들뿐이었다.

"처음에는 일이 힘들어서 짬이 안 났다고 했어. 엄마는 내가 집에 올 차비가 없었을 거라고 생각해. 내가 말했지? 그땐 나도 어렸거든. 걸어서 오는 길은 몰랐다고 둘러댔어."

보이지는 않지만 타이바가 고개를 젓는 게 느껴졌다. 총소리가 그치자, 타이바 옆에 일어나 앉았던 아이레스가 다시 자리에 누웠다. 아이레스는 늘 기진맥진이었다. 하지만 타이바는 계속 앉아 있었다. 나와 타이바 말고 일어나 앉아 있는 아이가 두 명 더 있었다.

타이바가 또 입을 열었다.

"나는 가족에게 거짓말 안 해."

"지금은 그렇게 말하지."

타이바는 잠시 말이 없었다. 하지만 녀석이 생각하는 기운이 느껴졌다. 내 말을 반박할까 말까 고민하는 것 같았다.

녀석이 마침내 자기 전등을 껐다. 이제 남은 불빛은 어른들이 있는 곳에서 흐릿하게 흘러나오는 밤색 불빛뿐이었다. 어른들은 아직도 성난 목소리로 떠들고 있었다. 그중에 한 명이 총에 맞은 사람을 살피는 소리가 들렸다. 보살피는 사람의 목소리도 거칠기는 마찬가지였다. 다친 사람이 비명을 질러 대면 닥치라고 욕지거리를 했다.

타이바가 어둠 속에서 불쑥 물었다.

"레길레 형, 이 광산은 누구 거야?"

녀석의 목소리가 아까와 같은 높이에서 들렸다. 녀석이 여전히 앉아 있다는 뜻이었다.

"나도 몰라."

나는 녀석의 끝없는 질문에 짜증이 치밀었다.

"누구 거긴 누구 거야, 대형 광산 회사 거겠지."

나는 어른들에게 들은 대로 말했다. 대형 광산 회사쯤은 돼야 돈을 주고 경비를 고용할 수 있으니까.

"그 회사가 왜 광산을 열어 두고 갔어?"

"열어 두고 가지 않았어. 폐광이었어. 갱 입구를 다 폐쇄했어. 그래서 여기가 위험한 데라는 거야. 오랫동안 점검도 받지 않았어. 하지만 신디케이트는 물불 안 가리고 들어와. 울타리를 뜯고 콘크리트 장벽을 때려 부수고 들어와. 이런 불법 광산이 수도 없이 많아. 내가 이 광산에만 있었던 게 아냐."

오늘따라 유난히 마음이 뒤숭숭했다. 이게 모두 타이바의 질문 공세 탓이었다. 남에게 내 얘기를 하면 기분이 이상해졌다. 다른 사람이 내 목소리를 내는 느낌이나 다른 사람이 내 입을 통해서 말하는 느낌이 들었다. 이제는 더 이상 남들에게 내 얘기를 하지 않았다. 나는 더 이상 그런 사람이 아니었다. 옛날에는, 어렸을 때는 했다. 하지만 나는 이제 다 큰 남자다. 이제는 하지 않는다.

이윽고 타이바가 부스럭대기 시작했다. 이제야 슬슬 도로 눕는 모양이다. 갱의 어둠 속에 오래 있으면 청력이 예민해진다. 섬뜩하게 삐걱대는 소리, 쩍쩍 갈라지는 소리가 나지 않는지 항상 귀를 세우고 있는 탓이다. 지구가 자신의 배 속을 멋대로 파고든 우리를 벌줄 준비를 하는 소리. 우리는 땅 위에서 살아야 할 존재다. 이곳에서 우리는 침입자였다.

내 짐작이 맞았다. 타이바가 다시 입을 열었을 때 녀석의 목소리가 바닥에서 들려왔다.

"레길레 형?"

"주둥아리 못 닥쳐."

내가 살벌하게 쏘아붙였다. 녀석이 질문하듯 내 이름을 부르는 소리가 나를 돌게 했다. 녀석의 목소리가 다른 시절에서 들려오는 메아리처럼 내 귀를 때렸다. 집에서 동생들과 함께 있었던 시절. 동생들에게는 내가 모르는 게 없고, 어떤 질문이든 대답해 줄 수 있고, 무엇이든 해결할 수 있는 큰형이었던 시절.

"스파이크 마포사 얘기 좀 해 줘."

녀석은 포기란 것을 몰랐다.

"다른 애들은 요만큼, 요만큼밖에 몰라. 스파이크 마포사는 어떤 사람이야?"

"스파이크 마포사는 그냥 얘기일 뿐이야. 너처럼 멍청한 애들이나 믿는 얘기지. 잠이나 자. 얼마 안 있으면 다시 일할 시간이야."

나는 드러누우며 대꾸했다.

녀석은 더 이상 말이 없었다. 하지만 녀석이 계속 깨어 있는 소리가 들렸다. 아니, 느껴졌다. 녀석은 또다시 생각에 빠진 낌새였다.

전에는 나도 기절하듯 곯아떨어졌다. 하지만 갱 붕괴를 처음 겪은 뒤부터는 그러지 못했다. 그때 우리는 무너진 돌 더미에서 간신히 빠져나왔다. 공기가 희박해져서 숨도 제대로 쉴 수 없었다.

여기 말고 다른 광산에 있을 때 겪은 일이었다.

노동의 강도와 갱의 열기가 진을 쭉쭉 뺐다. 나도 자고 싶었다. 하지만 푹 잘 수가 없었다. 내 정신이 그런 호사를 허락하지 않았다. 자꾸 귀를 기울이게 됐다. 갱에서 자는 잠은 잠이 아니었다. 설사 잠이 든다 해도 편안한 잠은 아니었다. 꿈자리조차 부서진 악몽 조각들로 가득했다. 어쩌면 그건 꿈이 아니라 허깨비였다. 그 속에서는 어떤 것도 제 모습이 아니었다. 모든 것이 흉측한 모양으로 뒤틀려 있었다. 마땅히 있어야 할 사람과 사물이 사라지고, 암석과 그림자로 이루어진 형체들이 껑충대며 그 자리를 대신했다. 그런 형체들은 눈이 있어야 할 곳에 불을 달고 있었다.

이렇게 '잠들지 못하는 잠' 따위 아예 자지 않는 게 낫다는 생각이 들 때도 많았다. 그러면 나는 누워서 진짜 기억들을 더듬었다. 대개는 빛을 생각했다. 특히 햇빛을 생각했다. 하지만 다른 빛도 생각했다. 세상에 존재하는 모든 빛을 생각했다. 방 밖에서 자다가 밤에 깼을 때 보이는 빛. 보름달이 뿜는 하얀 광채. 또는 아직 여물지 않은 달이 흘리는 옅은 은빛 미소. 총총한 별빛. 별이 뭉쳐서 별 무리가 되고, 별 무리들이 서로 섞여서 물에 우유를 부은 것처럼 소용돌이치며 퍼져 나가는 모습. 고향 집 촛불과 램프의 따뜻한 주황색 불빛. 전구 불빛. 쳐다보다가 눈을 돌려도 여전히 잔상으로 따라오던 전구의 형체.

내가 빛만큼 많이 생각하는 것이 있다면 그것은 시원함이었다. 시원하게 내리는 비. 고향 집 근처 산에 깔리는 촉촉한 안개. 숲길을 걸으며 한기에 몸을 떨고 싶었다.

그다음으로는 여자애들을 생각했다. 여자애들의 부드러운 목소리와 손. 꽃과 설탕처럼 여자애들이 풍기는 달콤한 냄새.

또 뭐가 있나? 엄마와 동생들.

하지만 이건 약한 짓이었다. 이런 생각은 나를 약하게 만들었다. 얼마 후면 다시 작업 시간인데 이러는 건 좋지 않았다. 이러면 일하기가 싫어지니까. 내 머릿속에만 존재하는 것들을 자꾸 갈망하게 되니까. 뭐든 갈망하는 것은 금물이었다. 그건 약하고 위험한 짓이었다.

2

남아공 자마자마 어른들 몇몇이 신디케이트 이탈 모의를 하고 있었다.

"독립하는 거야."

어른들은 이탈을 독립이라고 불렀다. 허구한 날 독립 타령이었다.

"계획이 어떻게 된다고?"

타쿤다가 물었다. 타쿤다가 맨날 묻는 질문이었다. 맨날 똑같은 계획. 지금까지 한 번도 실행된 적 없는 계획. 이번 계획이라고 다를 리 없지만, 이번에는 다를 거라고 믿고 싶은 계획.

"금을 이 지역 구매자한테 직접 파는 거야. 이 지역 구매자는 금을 요하네스버그로 가져가서 다시 전국 구매자한테 팔아. 금을 직접 팔면 우리가 주인이야. 더는 누구 밑에서 일하는 게 아니라고. 그게 바로 지금과 달라지는 점이지. 우리도 외국인 꼴통들을 데려다가 위험한 일에 부려먹는다 이 말씀이야."

말로리가 대답했다.

평소 나는 어른들이 지껄이는 말 따위는 한 귀로 듣고 한 귀로 흘렸다. 어른들의 뜬구름 같은 계획이나, 타이바의 허무맹랑한 소리나 다를 게 없다는 생각이 들었다. 언젠가는 상황이 바뀔 거라고, 언젠가는 좋은 날이 올 거라고 믿고 싶은 건 아이들만이 아니었다. 다 큰 어른들도 마찬가지인 듯했다. 다들 바보들이었다. 그런 바보들 생각을 하는 나도 바보였다. 그런 생각 자체를 말아야 했다.

어른들 말소리가 뚝 끊겼다. 페이스맨이 오고 있었다. 페이스맨이 이런 숙덕거림을 듣는 날에는 무사하기 힘들었다. 페이스맨은 신디케이트가 고용한 갱내 인부였다. 갱내 인부지만 항상 땅속에 내려와 있는 것은 아니었다. 남아공 출신은 곧잘 지상 작업으로 빠졌다.

남아공 출신은 상전이었다. 남아공 출신이 모두에게 이래라저래라 했다. 맨 먼저, 말로리와 타쿤다 같은 남아공 어른들이 외국인 어른들에게 가장 애먹는 장소와 가장 위험한 작업을 배정했다. 외국인 어른들은 대부분 모잠비크 출신이었다. 여기 처음 오면 뭐가 어떻게 돌아가는지 감이 없다. 작업을 좀 해 봐야 어떤 작업이 가장 위험한 일인지, 자기가 하는 일이 얼마나 위험한지 알 수 있다. 물론 그걸 깨달을 때까지 목숨이 붙어 있을 때 얘기였다.

그다음에 작업이 다시 나뉘었다. 모레이라와 주베날 같은 외국인 어른들이 어린 자마자마들을 나쁜 곳 중에서도 가장 나쁜 곳으로 보냈다. 다시 말해 최악은 항상 나와 리쿠르트들의 몫이었다. 파파 마부소는 우리에게 그저 시키는 대로 하라고 했다. 언젠가는 우리가 리쿠르트들을 배정하는 날이 올 거라면서.

페이스맨 앞에서는 모두 절절맸다. 페이스맨이 오면 일제히 하던 말을 딱 멈추고 더 열심히 몸을 놀렸다. 고개를 숙이고 눈도 들지 않았다. 페이스맨의 눈에 띄고 싶은 사람은 아무도 없었다. 타이바만 빼고.

"저 사람이 제일 무서워."

타이바가 갑자기 입을 열었다. 그것도 영어로. 나한테 하는 말이거나, 다른 아이들 들으라고 하는 말이었다. 예를 들면 스와질란드나 짐바브웨에서 온 아이들. 아니면 아이레스가 알아듣지 못하게 하려고?

"알면 됐어. 그러니까 입 닥쳐! 또 두들겨 맞고 싶어?"

내가 빠르고 나직하게, 하지만 매섭게 통박을 놓았다.

"있잖아, 레길레 형?"

이 자식이 귓구멍이 막혔나? 타이바가 계속 나불댔다.

"저 남자, 타쿤다처럼 덩치 큰 어른도 두들겨 패. 우리를 패듯이 패."

"너 왜 지랄이야?"

내가 사납게 옥박질렀다.

하지만 더는 아무 말 하지 않았다. 녀석이 매를 벌고 싶다면, 좋다. 나까지 그 매를 나눠 맞을 생각은 없었다.

"파파 마부소 있잖아, 그 아저씨도 페이스맨이랑 다른 덩치들이 우리 때리는 거 알아? 우리가 금 많이 못 캤다고, 먹을 생각 마! 잠잘 생각 마! 이러는 거 알아? 저번 작업 때 페이스맨이 우리를 때렸잖아. 그리고 내 물을 빼앗았어…."

타이바 녀석이 머리가 돌았는지 끊임없이 주절댔다. 그새 페이스맨이 와서 우리 앞에 버티고 섰다.

이 작자를 왜 페이스맨이라고 부르는지는 알 수 없었다. 다들 이 작자의 얼굴을 감히 쳐다볼 엄두도 내지 못하지만, 쳐다본다 해도 우리에게는 얼굴이 보이지 않았다. 그의 이마에 달린 전등은 우리의 전등보다 크고 밝았다. 그 전등이 앞으로 빛을 쏘면서 전등 뒤의 얼굴은 시커먼 그림자로 덮였다. 특히 두 눈을 덮었다. 어쩌다 눈을 들어 페이스맨을 보는 실수를 저질러도, 보이는 것은 축축하게 번들대는 아랫입술밖에 없었다. 말할 때는 번득이는 이빨만 보였다. 그 입에 웃음기는 찾아보려 해도 없었다. 가끔은 눈이 있는 지점에서 어떤 깜박임이 포착됐다. 하지만 그것까지 봤다면 그건 페이스맨을 너무 오래 쳐다보고 있다는 뜻이었다.

나는 고개를 숙이고 보지 않았다. 암석만 쪼아 댔다. 어깨와 등 근육에서 불이 났다. 하지만 그 불은 우리를 꽁꽁 둘러싸고 있는 갑갑한 땅속 열기에 비하면 아무것도 아니었다. 지구 배 속의 열기. 인

간에게는 너무나 뜨거운 열기. 여기는 우리가 있으면 안 되는 곳이
었다.

　타이바는 주둥이를 계속 놀려댔다. 이 녀석이 진짜 무슨 정신병에
라도 걸렸나. 나는 녀석을 곁눈질로 흘깃 봤다. 왜 봤는지 모르겠
다. 나는 녀석에게 관심 없었다. 녀석에게 실성한 기색이 있는지, 아
니면 아직 멀쩡한지 확인하고 싶었을 뿐이다.

　녀석의 얼굴이 갱에 내려오기 전과 마냥 같다고는 할 수 없었다.
예전처럼 동그랗게 방실대는 얼굴은 뜨거운 그림자로 들끓는 이런
곳에서는 버틸 자리가 없었다. 이곳의 빛이라고는 우리 이마에 달린
전등에서 열기 속으로 번지는 불빛과, 어른들이 가끔씩 갱도에 날림
으로 설치하는 조명뿐이었다.

　타이바의 갱 속 얼굴은 이제 다른 아이들의 얼굴과 별로 다르지 않
았다. 퀭하고 배고픈 얼굴. 하지만 녀석은 아직도 가끔씩 웃었다.
이해가 안 갔다. 뇌가 망가진 게 아니고서야. 녀석이 지금도 웃고 있
는지는 알 수 없었다. 녀석의 얼굴이 내 쪽이 아니라 페이스맨을 향
하고 있었다. 문득 평상시와 다른 점이 보였다. 이상했다. 으레 아이
레스 옆에 붙어 있던 타이바가 지금은 아이레스와 떨어져서 일하고
있었다.

　그제야 나는 타이바의 의도를 알아차렸다. 타이바는 페이스맨의
눈길이 아이레스에게 쏠리는 것을 막으려고 저렇게 설레발을 치는 거
였다. 아이레스가 일을 제대로 못하는 것을 봤다가는 또다시 매질

을 할 게 뻔했다. 아이레스가 지금 일을 제대로 못하는 것은 저번 작업 때 페이스맨이 두 녀석을 무참히 두들겨 팼기 때문이었다. 하지만 페이스맨이 그런 걸 신경 쓸 리가 없었다. 게다가 아이레스는 아이들 중 가장 비실비실했다. 내가 봐도 아이레스는 다음에 다시 갱에 내려오기 어려웠다. 이번에 땅속에서 영원히 시체로 남을 가능성이 컸다. 누군가 녀석의 시체를 이고 올라가는 수고를 한다면 모를까. 이고 올라가도 타이바가 이고 올라가겠지.

나는 외국인 꼴통이기 때문에, 죽었다 깨나도 페이스맨 같은 권력자의 위치까지 갈 가망은 없었다. 하지만 죽지 않고 살아 있으면 모레이라나 주베날 정도는 될 수 있겠지. 내가 그 위치가 되면, 아이들을 두들겨 패 봐야 느린 놈을 더 느리게 만들 뿐이란 사실을 기억할 거다. 페이스맨은 그걸 왜 모를까.

사실 아이레스가 이만큼 버틴 것도 예상 밖이었다. 그나마도 타이바가 끼고 돌봤으니 가능했지, 그러지 않았으면 어림없었다. 우리가 갱에 내려온 지 석 달쯤 됐으려나? 낮도 밤도 없는 곳에서 정확한 기간을 알기란 어렵다. 이곳에는 그저 작업 시간과 휴식 시간만 존재했다. 그 둘이 교대로 되풀이될 뿐이었다. 저번과 이번, 전혀 다르지 않은 시간들이 끝없이 돌아갔다. 남아공 어른 중 하나가 하는 말을 들으니, 총싸움이 벌어졌던 때가 4주 전이었다.

그럼 얼추 올라갈 때가 됐다는 소리였다. 전에 다른 광산에 있을 때, 파파 마부소가 우리를 내리 여섯 달이나 갱에 박아 둔 적이 있었다. 하지만 보통은 석 달이나 넉 달 있다가 올라갔다.

이번 라운드에서 나올 첫 번째 시체는 아이레스가 아니라 타이바가 될 수도 있었다. 내 가슴속에서 뭔가가 쿵 하고 떨어졌다. 타이바는 일하는 시늉조차 안 할 뿐 아니라, 아직도 입을 놀리고 있었다. 이제는 숫제 페이스맨에게 직접 말을 걸었다. 그건 아무도 안 하는 짓이었다.

"나, 때릴 거예요? 파파 마부소가….."

녀석이 들이댔다.

페이스맨이 으르렁대더니 다음 순간 타이바에게 몸을 날렸다. 자기 영역을 쿵쿵대고 다니는 낯선 개한테 달려드는 성난 개처럼.

나는 그 순간 귀머거리와 장님이 되고 싶었다. 휴식 시간의 빽빽한 어둠이 그리웠다. 평소에는 증오하는 어둠이었다. 하지만 지금은 그 어둠 속에 들어가 아무것도 안 보고 싶었다.

"마부소! 내 앞에서 그 멍청한 늙은이 얘기 꺼내지 마. 쓸모없는 외국 꼴통들이나 보내는 늙은 놈."

보고 싶지 않아도 너무 잘 보였다. 페이스맨이 이미 한 손으로 타이바를 움켜잡았다. 그리고 다른 손으로 주먹을 쥐고 기계처럼 내리쳤다. 그의 주먹이 성난 욕보다도 빠른 속도로 타이바에게 내리박혔다. 페이스맨이 타이바를 붙들고 있지 않았다면 녀석은 첫 주먹에 나가떨어졌을 게 뻔했다.

"스파이크 마포사가 올 거야. 당신을 막으러. 당신, 페이스맨."

타이바가 깔딱거리며 말했다. 주먹을 맞을 때마다 죽는 소리가 났다. 녀석은 말을 제대로 뱉지도 못했다. 그러면서도 계속 주절댔다. 이제는 녀석의 말이 정말로 미치광이 소리처럼 들렸다.

"스파이크가 와서 애들을 구해 줄 거야. 여기 애들 모두….."

"네놈의 더러운 외국인 주둥이에서 혓바닥을 뽑아 주마. 개 같은 놈!"

페이스맨이 분노로 폭발했다. 페이스맨이 이 정도로 눈이 뒤집힌 것은 처음 봤다. 페이스맨은 타이바를 들어 올려서, 녀석이 원래 캐고 있어야 할 암벽에다 찧고 또 찧었다.

나는 눈앞이 캄캄했다. 처음으로 눈앞에서 사람이 맞아 죽는 꼴을 보게 생겼다. 전에 다른 광산에서 야누아리오도 페이스맨에게 맞아 죽었다. 어른들에게 그렇게 전해 들었다. 나는 그날 다른 갱도에 배정받았기 때문에 현장을 직접 보지는 못했다.

"스파이크….."

타이바 입에서 나오는 소리는 이제 바람 빠진 휘파람 소리뿐이었다. 거의 정신을 잃은 게 분명했다.

"그런 건 없어! 그런 건 없어!"

페이스맨이 악을 썼다. 페이스맨은 금세라도 시스와티 어를 쏟아 낼 태세였다. 타이바가 시스와티 어를 알아듣는 애였으면 벌써 그랬을 거다.

"개 같은 놈! 스파이크는 없어! 입 닥쳐!"

나도 스파이크 마포사의 존재를 믿지 않았다. 언젠가는 나의 불신도 페이스맨의 불신처럼 무자비함과 노여움으로 변할 수 있다는 생각이 나를 덮쳤다. 그러면 나도 저 인간처럼 고래고래 악을 쓰겠지. 악은 써도 아이들을 때리지는 않을 거다.

스파이크 마포사 얘기가 왜 페이스맨과 나를 분노하게 하는지 정확한 이유는 알 수 없었다. 페이스맨과 나에게 공통점이 있다는 생각은 처음이었다. 유쾌한 생각은 아니었다.

마침내 페이스맨이 타이바를 놓아줬다. 타이바는 웅크리고 쓰러져 꼼짝도 하지 않았다. 페이스맨이 갑자기 몸을 획 돌렸다. 나도 얼른 눈을 돌렸다. 하지만 너무 늦었다. 페이스맨이 나를 발견했다.

이제 내 차례다. 내가 리쿠르트의 통솔자니까. 나는 아이들을 단속할 책임이 있었다. 아니나 다를까, 페이스맨이 그렇게 말하며 나를 팼다. 나한테는 모든 욕설이 남아공 억양의 시스와티 어로 쏟아졌다.

두들겨 맞는 내내 머릿속에 이런 생각이 치밀었다. 걸핏하면 애들 앞에서 이렇게 얻어터지는데 무슨 위신이 서겠어? 애들이 내 말을 무서워하겠느냐고?

증오심이 끓어올랐다. 증오심이 내 속에서 페이스맨의 주먹질과 같은 강도로 쿵쾅거렸다. 나는 그것을 밖으로 몰아내려 안간힘을 썼다. 증오심은 또 다른 종류의 나약함일 뿐이었다. 증오에 골몰해 있으면 작업에 몰두할 수가 없다. 증오를 키워서 써먹을 데가 있다면 모를까, 증오는 하나 쓸모없었다. 증오는 복수를 해 주지도, 갱 속 상황을 바꿔 주지도 않았다.

갱 속 상황이 바뀐다? 천만의 말씀. 그럴 일은 없다. 그럴 기회란 애초에 없었다. 상황은 영원히 변하지 않는다. 우리는 땅속에 있다가 때가 되면 올라가고, 때가 되면 다시 내려온다. 그게 내 인생이다. 내가 선택한 인생이다. 내가 타이바나 다른 아이들처럼 광산에 팔려 온 어린 자마자마 리쿠르트였을 때는 내게 선택권이 없었다. 하지만 지금은 아니다.

증오는 무의미했다. 증오의 대상이 페이스맨이든 타이바든 의미 없었다. 타이바 때문에 나까지 두들겨 맞았다. 내가 녀석을 증오하는 것을 깨닫는 순간, 겁이 났다. 녀석은 지금쯤 페이스맨의 주먹질에 숨이 끊어졌을지도 모른다. 죽은 사람을 증오하는 것은… 불운을 자초하는 짓이었다. 지난 4년 동안 나는 사고와 죽을 고비를 용케 피했다. 다른 많은 아이들은 그러지 못했다. 지금 와서 부정 타는 일로 운을 그르칠 수는 없었다.

"일! 일을 하라고! 다른 놈들을 제대로 일하게 하란 말이야."

페이스맨도 이제 힘이 부치는지, 주먹을 날리는 간격이 길어졌다.

"내가 바보인 줄 알아? 이 게을러터진 것들아, 이 쓸모없는 자식들아, 내가 모를 줄 알아? 나도 어렸을 때 갱에서 굴렀어. 그래서 알아. 다른 놈들은 겁쟁이였어. 일은 나 혼자 다 했어."

매질이 멈췄다. 페이스맨이 물러섰다. 페이스맨이 자기 얘기를 꺼낸 것은 이번이 처음이다. 페이스맨도 한때는 아이였다는 것이 믿어지지 않았다. 누군가 그를 학대하고 때리는 것이 상상이 되지 않았다. 혹시 그때 당한 것 때문에 지금 이런 인간이 됐나? 그렇다면 타이바나 아이레스 같은 애들도 나중에는 약한 애들을 패는 잔인한 인간이 될 거라는 말인데, 그거야말로 상상할 수 없었다. 아이레스가 살아남아서 어른이 되는 것 자체가 상상이 안 됐다.

페이스맨이 다시 고함을 지르기 시작했다. 처음에는 모레이라와 주베날에게, 다음에는 말로리를 포함한 남아공 어른들에게. 페이스맨은 그야말로 분노로 가득한 인간이었다.

사람들이 갱 속에서 큰 소리를 내면 나는 식은땀이 났다. 가만히 있어도 갱도에서는 항상 소리가 났다. 암석이 삐걱대는 소리는 폭발음이나 돌벼락의 포효만큼이나 겁나는 소리였다. 나는 인간의 소음이 지구의 소음에 맞서 겨루는 상상을 하곤 했다. 지구가 거기에 분노해서 우리를 벌주려고 꿈틀대는 무서운 상상을 하곤 했다.

"일하라고! 일해!"

나는 리쿠르트들에게 명령했다. 사실 따로 명령할 필요도 없었다. 타이바가 맞고, 이어서 내가 맞는 동안에도 아이들은 겁에 질려 벌벌 떨면서 행여 불똥이 튈까 봐 계속 암석을 쪼고 있었다.

타이바의 전등이 어디 갔는지 보이지 않았다. 어딘가에 박살이 나 있겠지. 내 전등 불빛에 녀석의 형체가 들어왔다. 녀석의 몸이 바닥에 한 덩어리로 엎어져 있었다. 전에 갱도를 나오며 봤던 야누아리오가 생각났다. 야누아리오의 몸도 저렇게 한 덩어리로 엎어져 있었다. 야누아리오는 열여덟이었기 때문에 덩어리가 더 컸을 뿐이었다. 그 때 어른들이 지나가면서 야누아리오의 몸을 밀거나 발로 찼다. 부츠 발로, 맨발로. 나는 그러지 않을 거다.

그때 타이바의 몸뚱이에서 신음 소리가 났다. 나는 작업이 끝날 때까지 녀석을 거기 그대로 방치했다. 가끔씩 신음 소리와 앓는 소리가 흘러나왔다. 어른들은 거들떠도 보지 않았다. 작업 시간이 끝나도 마찬가지였다.

내가 나서서 뭘 어쩔 계획은 아니었다. 그런데 나도 모르게 아이레스에게 이렇게 말하고 있었다.

"네 친구 데려가."

그러다 뒤늦게 아이레스는 영어를 못 알아듣는다는 게 생각났다. 할 수 없이 내가 타이바를 일으켜서 어깨에 둘러멨다. 나는 녀석을 메고 휴식 장소로 갔다. 녀석이 길게 떨리는 비명을 질러 댔다. 고통으로 가득한 소리였다. 녀석이 아직 살아 있다는 뜻이기도 했다.

이제 미친놈은 나였다. 나는 빈 음식 깡통과 우리가 입고 내려왔던 옷가지가 어지럽게 널려 있는 한복판에다 타이바를 내려놓았다.

"타이바에게 네 물을 먹여."

내가 아이레스에게 말했다.

아이레스는 내가 자기에게 말하고 있다는 것조차 이해하지 못했다. 나는 아이레스가 물을 마시려 할 때 녀석의 입에서 물병을 휙 잡아챘다. 타이바에게 내 물까지 나눠 줄 마음은 없었다. 그건 미쳐도 너무 미친 짓이었다.

아이레스는 놀라지도 않았다. 이 녀석도 이제 학대에 익숙해져 있었다. 타이바가 아무리 옆에서 보살펴도 한계가 있는 법이다. 아이레스는 오래 버티지 못할 것이다. 타이바가 목숨은 건진다 해도, 이제는 누구를 돌보기는커녕 자기 한 몸 지탱하기도 힘들게 됐다.

"알아서 추슬러. 아니면 아이레스한테 도와 달라고 하든가."

나는 타이바에게 최대한 살벌하게 말했다. 나한테 더 이상 아무것도 기대 말라는 엄포였다.

나는 돌아앉아서 내 전등을 껐다. 그리고 한참 동안 무릎을 세운 채 쭈그리고 앉아 있었다. 지금의 내 생각을 딱히 생각이라고 하기는 뭣하다. 그보다는 마음을 정처 없이 풀어 놨다는 게 맞을 거다. 내 마음이 아까 있었던 일들 사이를 갈팡질팡 헤맸다.

나는 드러누웠다. 얼마 후, 타이바와 아이레스가 자기네 나라 말로 웅얼대는 소리가 들렸다. 타이바는 죽어 가는 소리로 겨우겨우 말했다. 아이레스에게 할 일을 일러 주는 눈치였다. 저 지경의 몸으로 녀석이 다시 일을 할 수 있을까? 모르겠다. 못하면 녀석은 끝이었다. 그리고 녀석이 없으면 아이레스도 끝이었다.

시간이 한참 흘렀다. 나는 땀을 흘리고 땀 냄새를 피우면서, 귀는 잠들지 못하는 갱 속 잠에 잠겨 들었다. 눈꺼풀 안에서, 야비한 눈초리의 괴물 얼굴과 무너져 내리는 갱이 서로의 뒤를 쫓으며 미친 춤을

추었다. 내가 그 악몽을 보고 있을 때, 누군가 내 이름을 불렀다.

"레길레 형?"

타이바였다. 느리고 가라앉은 목소리였다. 우물거리는 걸 보니 이가 부러진 모양이었다. 녀석의 목소리가 아주 가깝게 들렸다. 녀석이 내가 누운 데로 기어온 거였다. 타이바 말고는 자지 않고 떠드는 아이가 아무도 없었다. 한 아이가 코를 골았다. 복 받은 놈이었다. 나도 저렇게 곤히 잠들 수 있으면 좋겠다. 나는 눈을 떴다. 보이는 것은 어둠뿐이었다.

"왜?"

나는 까칠하게 대꾸했다.

"미안해, 형."

녀석은 말하기도 힘든 상태였다. 목소리에서 녀석의 상태가 전해졌다.

"뭐가?"

"미안해. 나 때문에 형이 페이스맨한테 맞았잖아…."

숨이 녀석의 가슴통을 들고 나면서 쌕쌕 소리를 냈다. 엄마와 막내 여동생에게 호흡 곤란이 왔을 때의 소리와 비슷했다. 의사가 천식이라고 했다.

또다시 타이바에게 화가 치밀었다. 집 생각은 하고 싶지 않았다. 엄마나 동생이 천식 발작을 하던 나쁜 기억이든, 내가 처음 집에 가져간 돈으로 진료비를 내고 새 흡입기를 샀던 좋은 기억이든, 하나도 기억하고 싶지 않았다.

"입 닥쳐."

내가 명령했다.

"페이스맨한테 그런 거, 어쩔 수 없었어. 이해해 줘."

녀석은 내 명령 따위에는 아랑곳없었다.

"아이레스가 일을 못하니까…."

"네가 왜 그랬는지 알아."

나는 녀석이 더 주절대기 전에 말을 잘랐다.

"너는 미쳤어. 돌았어. 작작하고 가서 쉬어! 잠이나 자. 안 그러면 다음 작업 때 빌빌댈 거고, 빌빌대면 또 난리 나니까."

"내 불… 전등… 망가졌어."

녀석은 숨이 차는지 쌕쌕 소리를 냈다.

"내일은 아이레스와 딱 붙어서 전등 하나로 일해. 나중에 내가 음식 가져오는 사람에게 말할게. 그러면 파파 마부소가 새 전등을 보내 줄 거야."

"아니야, 나한테 좋은 생각이 있어. 우리가 아이레스를 숨기자. 여기에 좁은 구석들 많잖아. 음식은 아이레스 것까지 받는 거야. 나는 아이레스 전등으로 평소처럼 일하는 거야. 페이스맨이 다른 애 어디 있냐고 물으면 걔는 너무 많이 맞아서 죽었다고 하자. 페이스맨은 일하는 애가 난지 아이레스인지 몰라. 페이스맨한테는 다 똑같아 보일 거야. 갱에서 나갈 때, 파파 마부소한테 다시 갈 때, 그때 아이

36

레스를 데려가면 돼. 그다음에는 스파이크 마포사가 우리를 구하러 올 거야."

"미친 소리 좀 작작해."

"레길레 형, 제발 그러자. 아이레스는 튼튼하지 않아서 이런 일 못 해. 나는 할 수 있어. 심지어 지금도 할 수 있어. 나는 튼튼해."

타이바가 말을 멈추고 헉헉댔다. 녀석이 숨을 크게 들이마시고 침을 두 번 꿀꺽 삼켰다. 헐거워진 이가 덜걱대는 소리가 났다.

"고향에서 아이레스는 맨날 나랑 다녔어. 나만 따라다녔어. 그 남자가 와서 일자리 있다고 했을 때, 나는 아무 말 안 했어. 그런데도 아이레스가 나랑 같이 왔어."

"너 같은 놈을 졸졸 따라온 아이레스가 정신 나간 놈이지."

내가 말했다. 그리고 생각했다. 둘 중 하나라도 살아남는다면, 그건 타이바일 거다. 하지만 그것도 녀석이 아이레스를 포기할 때, 아이레스를 살리려는 노력을 집어치울 때만 가능한 얘기였다.

"그리고 너도 꼴통이야. 꼴통이니까 페이스맨한테 그런 매를 맞고 자빠졌지."

"아이레스는 아주 어렸을 때부터 내 고향 친구야."

이게 타이바의 두 번째 이상한 점이었다. 웃음을 잃지 않는 것만큼 이나 이상했다. 어린 자마자마들은 얻어터지거나 사고를 당해서 몸이 부서지면, 마음속의 무언가도 함께 부서진다. 그리고 반드시 그런 티가 난다. 그런데 타이바는 그렇지 않았다. 녀석의 속은 애초부터 다르게 생겨 먹은 건가? 도무지 설명이 안 됐다. 녀석은 부서진 몸으로 아직도 아이레스를 도울 궁리를 하고 있었다. 아직도 스파이크 마포사를 믿고 있었다.

"너는 돌았어."

내가 말했다. 이렇게 믿고 마는 것이 편했다. 무엇이 녀석을 변하지 않고 버티게 하는지 골치 아프게 생각하는 것보다 그편이 나았다. 나도 옛날에 갱에 처음 내려왔을 때 몇 주 동안은 저랬다. 녀석은 아직도 그때의 내 상태에 머물러 있었다.

"맘대로 해. 아이레스를 숨기든 말든 나한테 말하지만 마. 아이레스를 어디 뒀는지도 말하지 마. 내가 모르면 어른들이 와서 물어도 할 말 없을 테니까."

이게 이 정신병자 녀석을 위해서 내가 할 수 있는 최선이었다. 이러는 나도 어쩌면 녀석만큼이나 정신 나간 꼴통이었다.

3

타이바가 정말로 아이레스를 숨겼나? 그런 거라면 상황이 녀석의 생각대로 흘러가는 셈이었다.

물론 내가 아는 것은 없었다. 하지만 아이레스가 우리 중에 없다는 것 하나는 확실했다. 나는 일부러 모른 체했다. 타이바에게 아무것도 묻지 않았다. 그리고 이번만큼은 타이바도 내 말을 따랐다. 녀석은 내게 입도 벙긋하지 않았다.

그날 이후로 페이스맨은 오지 않았다. 그것도 상황에 도움이 됐다. 그게 페이스맨의 패턴이었다. 그는 이틀이나 사흘을 내리 오다가 한동안은 나타나지 않았다. 그가 다른 갱에 있는지, 아니면 아예 다른 광산으로 갔는지는 알 수 없었다. 아예 광산 밖에 있을 수도 있었다. 땅 위에서 어른들이 밤에 몰래 모종의 작업을 진행한다고 들었다. 그 일을 감독하고 있을 가능성도 있었다. 파파 마부소에게 얻어들은 얘기로는, 그 작업이 으깬 암석을 물과 수은에 섞는 일이라고 했다.

페이스맨이나 우리를 갈구지, 다른 어른들은 우리 쪽에 신경도 쓰지 않았다. 갱 속 어른들은 우리가 애초에 몇 명이 내려왔는지도 모를 가능성이 높았다.

타이바가 어떻게 했는지, 어떻게 아이레스를 숨겼는지 나는 몰랐다. 녀석이 직접 어느 구석으로 데려가서 숨겼는지, 아니면 어디로 가라고 말하고 혼자 보냈는지 내 알 바 아니었다. 이거 하나만 확실했다. 타이바는 얻어터지고 난 직후, 그러니까 내가 아무것도 알고 싶지 않다고 말했던 그 휴식 시간에 아이레스를 처리했다. 바로 다음 작업 때부터 아이레스가 보이지 않았으니까. 제 몸이 그 지경이 된 채로 아이를 숨겼다는 얘기였다. 그때 두 녀석이 나직이 수군대는 소리가 나다가 잠잠해졌다. 나는 둘이 잠들었다고만 생각했다.

다시 작업 시간이 됐을 때 아이레스는 이미 없었고, 타이바는 멀쩡한 전등을 달고 있었다. 전등 불빛 아래로 드러난 녀석의 얼굴에는 동그랗게 방실대는 웃음이 돌아와 있었다. 가만히 보니 그것은 웃어서 동그래진 것이 아니라 맞아서 탱탱 부은 것이었다. 얼굴뿐 아니었다. 녀석은 움직일 때마다 절룩거렸다. 양손에 지팡이를 짚지 않고서는 걷지 못하는 파파 마부소의 딸처럼.

타이바는 돌을 쪼는 일이든 싣는 일이든 제대로 하는 게 없었다.

원칙대로라면 녀석에게 악다구니하면서 들들 볶아야 하지만, 나는 그냥 못 본 체했다. 얻어터지기 무섭게 닦달해 봤자 녀석의 상태만 더 나빠지고 빌빌대는 기간만 늘어날 뿐이었다.

녀석이 철썩같이 믿는 게 몇 가지 있었다. 그중 하나가 결국은 다 잘될 거라는 믿음이었다. 그런 긍정의 생각이 힘을 발휘했는지, 휴식 시간이 끝났을 때 우리는 먼젓번에 배정받은 장소로 다시 보내졌고, 우리 근처에 얼씬대는 인간은 주베날밖에 없었다.

주베날은 타이바가 빌빌대는 것을 보았다. 하지만 자기 나라 말로 욕을 했을 뿐, 일을 못한다고 녀석을 때리거나 하지는 않았다.

주베날도 한때는 모잠비크에서 팔려 온 어린 자마자마였기 때문일까? 모르겠다. 어른들은 우리 같은 애들한테는 절대 개인적인 얘기를 하지 않았다. 주베날이 타이바를 때리지 않는 것은, 자기도 페이스맨의 매질을 겪는 처지이기 때문일 수도 있고, 타이바가 같은 나라 출신이기 때문일 수도 있었다. 어쨌든 타이바에게는 운 좋은 일이었다.

나는 스와질란드 애라고 호락호락 봐주지 않았다. 스와질란드 애든 모잠비크 애든 짐바브웨 애든 나한테는 다 똑같았다.

아이레스가 어딘가에 숨어 있고 여전히 살아 있다면, 음식이 내려올 때마다 타이바가 아이레스에게 물과 음식을 몰래 나른다는 뜻이었다. 하지만 내 눈에 걸린 적은 없었다. 나도 굳이 알고 싶지 않았다.

휴식 시간이 돌아와도 타이바 녀석은 아이레스에게 가지 않았다.

아이레스를 숨긴 장소가 둘이 들어가 있기에는 좁은 모양이었다. 암석 틈새나 무너진 돌무더기 사이일 것이다.

타이바 녀석이 외로운지 또 나한테 슬슬 말을 붙일 기미를 보였다. 내용은 역시나 같은 타령이었다.

"레길레 형? 스파이크 마포사에 대해 얘기 좀 해 줘."

평소 나는 이 질문만 나오면 버럭 성질을 부리며 닥치라고 했다. 하지만 이번 휴식 시간에는 무심결에 이렇게 되물었다.

"그게 왜 알고 싶은데? 어떻게 하면 그렇게 끈질기게 믿을 수 있냐?"

"믿을 수밖에 없어."

예상대로 벽창호 대답이 돌아왔다. 이제는 익숙했다. 녀석의 대답은 여전히 허튼소리일 뿐이었다.

"스파이크가 우리를 구해 줄 거야. 그럴 거야."

"헛된 꿈이야."

녀석의 확신은 매번 내 심기를 건드렸다.

"그렇지 않아."

심통 난 소리는 아니었지만 녀석의 단호한 말투로 볼 때 내 말에 동의하지 않는 것은 분명했다.

"스파이크를 생각하면 힘이 나. 스파이크에 대해 더 알고 싶어. 알아야 해…. 그래야 더 많이 생각할 수 있어."

스파이크, 스파이크. 녀석은 스파이크를 아는 사람 부르듯이 불렀다. 친구 얘기하듯 했다.

녀석에게 힘이 더 필요한 건 사실이었다. 녀석은 매질의 여파로 아직도 느렸고 아직도 아팠다. 게다가 아이레스까지 숨기고 있었다. 그건 성한 몸으로 하기에도 위험한 일이었다. 일부러 자초하지 않아도 여기에는 위험한 일 천지였다. 우리는 금을 내놓으라고 성난 지구를 들쑤시고 있었다. 우리가 지구의 신경을 얼마나 건드리고 있는지는 상상하기도 무서웠다.

이런 사정을 알기 때문에 입 닥치고 귀찮게 말라고 윽박지르지 못한 거였다. 그뿐이었다.

"부티, 나더러 스파이크 마포사 얘기를 어떻게 해 달라는 건지 모르겠다. 나는 말이야, 갱에 처음 내려왔을 때 3주 아니, 한 달 만에 아무것도 믿지 않게 됐거든? 스파이크 마포사도 없고 하느님도 없어. 있는 것은 지구뿐이야."

"스파이크는 분명히 있어."

고집불통.

"그래, 있는 셈치고 내가 들은 대로 말해 줄게. 근데 워낙 오래돼서 제대로 기억이나 날지 모르겠다."

나는 어둠을 멍하니 응시하며 내가 아는 이야기 조각들을 꿰맞추려 노력했다.

"뜬구름 같은 소문일 뿐이야. 아무도 잡은 사람이 없어. 아무것도 잡을 게 없으니까. 얘기가 항상 변해."

"형이 들은 얘기는 뭔데?"

타이바의 목소리에 간절함이 배어 나왔다. 내 입에서 뭔가를 건지게 된다는 생각에, 자기 생각과 바람을 키울 재료가 될 만한 게 나온다는 생각에, 녀석은 마음이 잔뜩 달아 있었다.

"그 어떤 얘기도 사실이 아냐."

나는 일단 그 마음에 못부터 박았다.

"들리는 말로는 스파이크도 어렸을 때 자마자마였대. 남아공 사람이지만 우리처럼 팔려 왔대. 여기저기 팔려 다니면서 이 광산 저 광산에서 일했대. 바버톤이라든가? 벨콤이라든가? 내가 말했지, 사람마다 하는 얘기가 달라. 딱 하나 확실한 게 있긴 해. 확실한 건, 스파이크가 파파 마부소의 리쿠르트는 아니었다는 거지. 들리는 말로는, 스파이크가 일하던 광산을 탈출해서 착한 사람들에게 광산 얘기를 했고, 그래서 거기 신디케이트 주동자들이 죄다 잡혀갔대. 하지만 그 말이 사실일 리 없어. 체포되는 쪽은 늘 우리 같은 인간들, 갱에서 일하는 인간들뿐이야. 경비들이 들이닥쳐서 우리를 잡잖아? 그러면 우리를 경찰에 넘겨. 윗대가리들은 아무도 안 건드려."

"사실일 거야."

타이바 목소리에 사실이라고 믿고 싶은 마음이 간절히 들러붙어 있었다.

"레길레 형, 스파이크는 지금 어디 있어?"

"몰라. 스파이크가 일하던 광산의 법적 소유주가 도와줬다나 뭐라나. 스파이크를 다른 데로 보내 줬다나, 돈을 줬다나. 그래서 지금 사는 데는… 음, 여기저기… 음푸말랑가라는 말도 있고, 프리스테이트라는 말도 있고. 어디면 어때, 어차피 사실도 아닌데.”

나는 믿지 않는 심보를 담아 매정하고 비열하게 말했다.

“들리는 말로는, 땅속에서 겪은 일과 팔려 온 애들을 소재로 그림을 그린다나. 자기 인생을 불법 채굴을 막는 데 바치겠다고 맹세했다나. 우리 같은 애들을 위해서 일하고 있다나 뭐라나. 팔려 온 아이들과 자기가 겪었던 일을 결코 잊을 수가 없어서 그런다더라.”

“우리를 위해서.”

타이바의 목소리에 내가 갱 속에서 한 번도 듣지 못했던 무언가가 있었다. 그게 뭔지 딱 꼬집어 말할 수는 없었다. 일종의 깊은 확신, 절실한 믿음, 또는 소원 같은 믿음, 또는 희망. 그게 뭐든 중요하지 않았다. 나는 듣고 싶지 않았다. 이런 얘기는 이상한 기분만 들게 했다. 무언가를 잃어버린 기분…. 나는 이런 기분이 싫었다. 이런 기분에 화가 났다.

“네가 스파이크 마포사 얘기를 물었고, 나는 이제 다 얘기했어. 이게 내가 들은 전부야. 다시는 묻지 마.”

타이바는 한동안 말이 없었다. 또다시 녀석이 생각하는 기운이 느껴졌다. 이제는 익숙한 느낌이었다.

아니나 다를까, 녀석의 목소리가 어둠 속에서 또다시 불쑥 날아들었다.

"그거, 얼마나 옛날이야? 스파이크는 지금 몇 살이야? 알아? 어른 이야?"

"몇 살이든 알아서 뭐하려고? 스파이크는 실제로 없어. 페이스맨이 너를 패면서 악쓰는 소리 못 들었어? 그런 건 없어! 그런 건 없어! 날 좀 조용히 내버려 둬. 자빠져 자."

다시 작업이 시작됐다. 말로리와 타쿤다가 모레이라와 주베날을 배치하고, 모레이라와 주베날이 우리를 배치했다. 우리는 항상 나쁜 곳 중에서도 나쁜 곳에 배치됐다. 암석 천장이 머리를 짓눌러서 몸을 웅크려야 했다. 그 상태로 일해야 했다. 땅속에서 몇 년을 일하다 보니 어떤 면에서는 몸이 강해졌지만, 다른 면에서는 몸이 망가졌다. 근육이 웬만큼 단련됐는데도 여전히 불이 나게 화끈거렸다. 지치면 등에 미친 듯 경련이 났고, 근육이 뭉쳐서 다시는 몸을 펼 수 없을 것처럼 아팠다.

육체적으로는 몸집이 가장 큰 내가 제일 불리했다. 하지만 어린 리쿠르트들은 정신적으로 불리했다. 아이들은 공포에 싸여 일했다. 아이들의 공포가 느껴졌다. 아이들의 땀 냄새에서 공포의 냄새가 났다. 아이들의 가쁜 숨소리에서 공포의 소리가 들렸다. 우리는 다닥다닥 붙어서 일했다. 서로가 서로에게 방해됐다. 서로 걸리고 부딪쳤다. 스와질란드 아이 중 하나가 짐바브웨 아이에게 욕을 했다. 짐바브웨 아이가 스와질란드 아이를 때릴 듯 덤볐다. 나는 싸움을 말리고 둘을 멀리 떨어뜨려 놓았다.

"일해, 일!"

내가 말했다.

암석뿐 아니라 열기도 우리를 짓눌렀다. 심장이 망치질했다. 쇠테가 내 머리를 감싸고 시시각각 조여드는 느낌이었다. 내 눈 뒤에서 하얀 빛과 검정 반점들이 날뛰었다.

그날 이후 나는 이렇게 비좁은 공간에 배치될 때마다 생각했다. 혹시 여기에 아이레스가 숨어 있는 건 아닐까, 전등도 없이 칠흑 같은 어둠 속에서 겁에 질려 웅크리고 있는 아이레스를 발견하게 되는 건 아닐까. 이곳에는 우리의 전등이 만드는 그림자로 가득했다. 하지만 그림자 사이에 숨어 있는 아이는 없었다.

나는 내 옆에 있는 타이바에게로 고개를 돌렸다. 녀석의 전등 아래로 보이는 것은 입술뿐이었다. 맞아서 퉁퉁 부었던 자리는 가라앉았지만, 입술 윤곽이 전과 달랐다. 페이스맨의 주먹에 이가 몇 개 헐거워져서 녀석이 말할 때 가끔씩 덜거덕대는 소리가 났다.

녀석의 입술이 움직이는 게 보였다. 기도라도 하나?

그런데 기도가 아니었다. 녀석이 웅얼대는 낱말이 내 귀에 들어왔다. 아주 나직이 웅얼대서 녀석 옆에 바싹 붙어야 겨우 들렸다. 녀석은 같은 말만 반복해서 웅얼거리고 있었다.

"스파이크, 스파이크, 스파이크."

나는 녀석을 팍 떠밀었다.

"헛꿈에 기력 낭비하지 마. 일해."

녀석이 내 타박에 조용해졌다. 하지만 다시 녀석 쪽을 봤을 때, 입술이 여전히 달싹거리고 있었다. 나는 못 본 척했다.

무언가를 저토록 굳게 믿는 건 어떤 느낌일까. 문득 궁금했다. 캄캄한 갱에 일종의 빛을 비추는 느낌일까? 햇빛 같은 연한 노란색 빛?

그 믿음이 삐걱대고 쩍쩍대는 갱의 굉음도 잠재울 수 있을 것 같다. 아니, 최소한 타이바를 아주 강하게 만들 수는 있을 것이다.

녀석은 어린애였다. 열세 살 아니면 열네 살이었다. 얼굴은 페이스맨의 주먹에 으깨져서 영원히 찌그러졌고 몸도 뒤틀렸다. 그런데도 녀석은 버티고 있었다. 계속 일하고 있었다. 망가진 입으로 끊임없이 그 낱말을, 그 이름을 부르고 있었다. 스파이크.

아이들이 휴식 시간마다 두런대기 시작했다. 평소답지 않은 일이었다. 원래는 이러지 않았다. 자마자마들은 땅속에 내려오면 시간이 지날수록 말을 잃는다. 그건 아이들이나 어른들이나 마찬가지다.

그런데 아이들 사이에 동요가 감지됐다. 심지어 들뜬 분위기였다.

그러다 어느 휴식 시간에 그 이유가 드러났다. 아이들이 쭈그리고 앉아서 파파 마부소가 내려보낸 형편없는 음식을 먹고 있을 때였다. 전등 밑으로 보이는 아이들의 눈이 일제히 내 손을 따라 움직였다. 아이들의 눈이 음식을 집어서 입으로 가져가는 내 손을 따라와서 내 입에 머물렀다. 내가 먹는 음식은 갱에 내려오는 행상에게서 산 음식이었다. 나처럼 갱에서 직접 급료를 받는 사람들이나 먹을 수 있는 음식이었다. 리쿠르트들이 정말로 나를 쳐다보는 건지는 알 수 없었다. 아이들의 눈이 정확히 보이는 것은 아니니까. 보이는 것은 아이들 눈에서 반사되는 번득임뿐이었다. 하지만 어쩐지 아이들이 나를 쳐다보는 기분이 들었다. 나도 어렸을 때 그렇게 쳐다봤다. 그 기억 때문에 아이들이 나를 보고 있는 것 같았다. 남이 먹는 것을 쳐다보던 기억. 남들. 음식 사 먹을 돈이 있는 사람들. 자마자마 어른들과 당시 리쿠르트 팀의 통솔자였던 야누아리오. 페이스맨이 때려죽이기 전의 야누아리오.

아이들이 낮게 웅성거렸다. 여러 가지 언어가 들렸다. 영어도 들렸다. 타이바는 자기 나라 말과 영어를 번갈아 썼다. 같은 모잠비크 아이들한테는 자기 나라 말, 다른 아이들한테는 영어.

나는 아이들이 무슨 말을 하는지 굳이 신경 쓰지 않았다. 갱에 오래 있을수록 남들을 관심 밖에 두는 일이 수월해진다. 나는 아이들에 대해서 아무것도 알고 싶지 않았다. 이름도, 고향도, 아무것도.

생각에 잠기는 것도 싫었다. 지난주에 갱에서 인명 사고가 발생했다. 어른 한 명이 돌에 깔려 죽었다. 우리는 보지 못했다. 모레이라가 우리에게 말해 주었다. 죽은 어른은 스와질란드 사람이었다. 신경 끄고 싶었는데 자꾸 머릿속에 그 상황이 그려졌다.

아이들의 대화도 듣고 싶지 않았다. 그런데 리쿠르트들 사이에 일렁이는 묘한 기대감이 내 주의를 끌었던 걸까? 내 귀가 절로 그리로 향했다.

내 귀에 처음 잡힌 것은 짐바브웨 아이의 말소리였다. 짐바브웨 아이가 여러 명에게 무슨 말인가 하고 있었다. 내용은 거의 들리지 않았지만, 문득 낱말 하나가 튀어 올랐다. 타이바가 입에 달고 사는 낱말, 비좁은 데서 일할 때도 혼자 입으로 우물대는 바로 그 낱말. 스파이크.

아이들 중 일부가 야유하는 소리를 냈다. 나도 야유하고 싶었다. 그때 모잠비크 아이 중 하나가 무슨 말인가 했다. 질문 같았다.

타이바가 자기 나라 말로 말하는 소리가 들렸다. 그 낱말이 또 들렸다. 스파이크.

내 속에서 열불이 솟았다. 나도 페이스맨처럼 악을 쓰고 싶어졌다. 그런 건 없어. 그런 건 없어.

"그따위 헛소리 집어치우지 못해!"

나는 가장 가까이 있는 아이를 팍 떠다밀었다.

"그 이름 한 번 더 입에 올리기만 해 봐! 앞으로 먹을 때는 찍소리 말고 처먹기나 해."

아이들의 눈이 일제히 나를 향했다. 그러다 금세 눈을 돌렸다. 아이들은 음식 위로 고개를 푹 숙였다. 모두 조용해졌다. 내 목소리는 어른들 목소리처럼 모질기 짝이 없었다.

이게 정상이었다. 나는 할 말을 했다. 사람들이 동요하면 항상 문제가 생긴다. 아이들은 내 소관이었다. 행여 아이들이 말썽을 피우면, 일을 거부한다거나 싸움을 벌인다거나 도망을 시도하면, 곤욕을 치르는 건 바로 나였다. 일단 갱에 있는 어른들에게 곤욕을 치를 테고, 다음에는 땅 위에서 지키고 있는 어른들에게 곤욕을 치를 고, 파파 마부소도 나를 가만두지 않을 거다. 파파에게 팔려 온 어린 리쿠르트 시절보다 지금 더 파파에게 잘 보여야 했다. 지금은 파파가 내게 책임을 맡겼으니까. 나를 신뢰하니까. 파파의 기대에 부응하지 못하면 더 이상 돈도 자유도 없다. 갱에서 나가면 고향 집으로 가서 한 달쯤 지내다 올 수 있을 거라는 꿈도 끝이다. 갱에서 나갈 때마다 집에 가는 건 아니었다. 파파는 고향에 보내 줄 때보다 보내 주지 않을 때가 더 많았다. 그럴 때는 혼자 근방을 헤매고 다니거나, 나 혼자 또는 파파의 딸과 함께 바버튼 타운으로 내려가곤 했다. 자칫하면 그것도 끝이었다.

"다른 애들한테 스파이크 마포사 얘기 주절대지 마. 애들은 그런 거 안 믿어. 땅속에 내려와 일하면서 일찌감치 관뒀다고. 너도 그러는 게 좋아. 우리는 어른 몫의 일을 하고 있어. 스파이크 마포사는 애들이나 하는 얘기야."

타이바와 나란히 일할 때 내가 녀석에게 명령했다.

"다른 애들도 듣고 싶어 해. 애들도 희망을 갖고 싶어 해."

타이바는 내 명령을 도통 명령으로 듣지 않았다.

"페이스맨한테 얻어터져서 귓구멍이 막혔어? 그 인간 얘기는 다시는 꺼내지 말라고 했다. 그런 얘기로 애들 들쑤시지 마. 말썽 나는 거 원치 않으니까."

나는 계속 악랄하게 나갔다.

우리는 여느 때처럼 좁아터진 데서 일하고 있었다. 주베날이 우리가 일을 똑바로 하고 있는지 확인하러 왔다. 그가 모잠비크 말로 타이바에게 무슨 말인가 했다.

타이바는 주베날이 간 후에도 한동안 말없이 잠잠했다. 녀석에게서 또다시 맹렬히 생각하는 기운이 느껴졌다.

이윽고 녀석이 낮은 소리로 말했다.

"주베날이 그러는데 페이스맨이 돌아왔대."

"그러니까 일해."

내가 말했다. 그리고 다른 리쿠르트들도 듣도록 목소리를 키워서 되풀이했다.

"일해, 모두 일이나 해! 페이스맨이 돌아왔어."

아이들은 근육을 단단히 모으고 하던 일을 더 열심히 했다. 내 말이 무서워서가 아니었다. 페이스맨이 무서워서였다. 나도 모르지 않았다. 어느덧 나 자신도 더 열심히 일하고 있었으니까.

나는 땀을 뻘뻘 흘리며 부지런히 암석을 쪼았다. 페이스맨 생각을 하지 않으려고 노력했다. 그러자 지난주에 돌에 깔려 죽은 사람에게 생각이 쏠렸다. 그 생각을 쫓아 버리자 이번에는 어른들이 일하는 구역에 늘어져 있는 낡은 전선들이 걱정되기 시작했다. 이 광산이 합

법적으로 운영되던 시절부터 있던 낡은 전선이었다. 모양새가 영 불길하고 위험해 보이는 전선들. 생각 자체를 멈춰야 했다.

그때였다. 따다다다! 귀를 찢는 소리에 온몸이 얼어붙었다. 다른 아이들도 마찬가지였다. 한순간 나는 갱이 붕괴하는 줄 알고 심장이 미치광이의 북처럼 뛰었다. 그런데 같은 소리가 계속 이어졌다. 그제야 나는 다시 총싸움이 벌어졌다는 걸 깨달았다.

나는 그저 신디케이트 간의 이권 다툼이길 바랐다. 경비들이 쳐들어온 게 아니라.

"레길레 형! 저 총소리, 지금 누가 쏘는 것 같아?"

타이바의 목소리였다.

대꾸할 틈도 없이 주베날이 우리가 있는 곳으로 헐레벌떡 돌아왔다. 그는 허리를 굽히고 우리가 있는 곳을 들여다봤다. 주베날이 먼저 모잠비크 어로 모잠비크 아이들에게 말했다. 다급한 목소리였다. 주베날이 그다음으로 나에게 말했다.

"경비 새끼들이야. 너희는 모두 여기에 그대로 있어. 전등 다 끄고 조용히 있어."

아이들은 이미 타이바만 빼놓고 모두 지시에 따르기 시작했다. 주베날은 그새 몸을 돌려 후다닥 사라졌다. 타이바가 따라 나가려고 했다. 내가 뒤에서 녀석의 팔을 붙들고 끌어당겼다.

"놔, 레길레 형! 경비들이 왔다잖아? 지금이 기회야, 형…."

녀석이 벗어나려고 맹렬히 몸부림쳤다.

"바보 같은 짓 집어치워!"

나는 녀석의 머리에서 전등을 낚아채 불을 꺼 버렸다. 그리고 한손으로 녀석을 붙잡은 채 다른 손으로 내 전등도 껐다.

"경비들이 우리를 꺼내서 경찰에 넘길 거야. 그러면 경찰한테 말하자. 그러면 돼."

녀석이 악을 썼다. 하지만 녀석의 목소리는 총소리에 묻혔다.

"경찰이 나랑 아이레스를 집에 보내 줄 거야."

"닥쳐!"

내가 날카롭게 윽박질렀다. 그리고 녀석의 얼굴을 더듬어 입을 틀어막았다.

녀석이 내 손을 깨물었다. 나는 녀석의 입을 막는 것을 포기하고, 녀석을 두 팔로 칭칭 감고 바닥에서 들어 올렸다. 나는 그렇게 녀석을 꽉 붙들고 있었다. 땀 냄새와 암석 냄새가 코를 찌르는 새까만 어둠 속에서 녀석이 죽을힘을 다해 버둥댔다. 하지만 내가 몸집이 훨씬 컸고 힘도 셌다. 게다가 녀석은 맞아서 성치 않았다. 나도 페이스맨에게 맞았지만 녀석만큼 심하게 다치지는 않았다.

타이바는 발버둥치는 데 급급해서 소리 지를 힘까지는 없었다. 하지만 소리 질러도 상관없었다. 어차피 총소리 때문에 아무것도 들리지 않았다. 총소리에 고막이 찢어질 판이었다.

갑자기 총성이 아닌 다른 소리가 났다. 총성보다 더 무서운 소리였다. 다른 소리를 이 소리로 착각할 수는 있어도, 이 소리를 다른 소리로 착각할 수는 없다. 이 일이 실제로 일어나면, 처음 당하는 사람도 그게 무슨 소린지 단박에 안다. 그것은 바로 갱이 붕괴하는 소리다. 그 소리가 방금, 총싸움하는 데서 멀지 않은 곳에서 났다.

붕괴 소리가 계속 이어졌다. 나는 움직이지 않았다. 타이바도 움직이지 않았다. 뜨거운 어둠과 붕괴 소리와 우리가 느끼는 공포만이 존재했다.

영원 같은 시간이 흘렀다. 그러다 마침내 돌 무너지는 소리가 천천히 잦아들었다. 이윽고 소리가 멈췄다. 생각만큼 붕괴 시간이 길지 않았다. 몇 초에 불과했다. 1분도 안 걸렸다. 나는 이보다 길게 이어지던 붕괴 음도 들은 적이 있었다.

그때 새로운 공포가 몰려들었다. 설마 갇힌 건 아니겠지? 나는 내 전등을 더듬어 찾았다. 하지만 다른 손으로는 계속 타이바를 붙들고 있었다. 나는 전등을 켰다. 아까까지 주베날이 서 있던 입구는 여전히 뚫려 있었다. 그렇다고 우리가 안전하다고 할 수는 없었다. 우리가 갇혔을 가능성은 여전했다. 나는 아이들이 겁에 질려 날뛰는 것은 원치 않았다. 타이바를 비롯한 몇몇 아이들에게는 처음 겪는 붕괴였다.

나는 아이들에게 말했다.

"붕괴치고 심한 건 아니야. 총싸움 때문에 돌이 좀 떨어졌나 봐. 잘 들어. 우리는 여기서 얌전하고 조용하게 대기하는 거야. 너무 많이 움직이지 마. 기다려 보다가 어른들이 사람을 보내지 않으면 내가 가서 무슨 일인지 알아볼게."

타이바가 숨을 헉 들이마시는 소리가 났다.

"아이레스!"

녀석이 울부짖었다.

"총싸움 때문에 붕괴된 거라고? 아이레스가 거기 있는데… 나, 갈래!"

녀석이 내 손아귀에서 빠져나갔다. 내 전등 불빛이 녀석을 잡았다. 녀석이 바닥에서 자기 전등을 후다닥 집어 들고 스위치를 다급히 더듬어 켰다. 그러더니 암석에 머리를 박을까 봐 몸을 구부리고 튀어나갔다. 마음은 전력 질주를 하고 싶겠지만, 옆으로 비척대면서 발을 질질 끌고 갔다.

4

나는 타이바를 붙잡지 않았다. 녀석은 하나고, 다른 아이들은 여럿이었다. 나는 내 역할을 해야 했다. 나는 아이들에게 말했다.

"전등 아껴. 무슨 일인지 아직 몰라. 저 끝에는 갱도가 막혔을 수도 있어."

우리는 기다렸다. 5분, 10분. 대개는 고요했지만 가끔가다가 바람 빠지는 것 같은 소리가 났다. 지구의 암석 내장들이 제자리를 잡아 가는 것 같은 소리. 한번은 작은 돌이 굴러가는 소리가 났다. 이어서 돌 떨어지는 소리. 나는 숨을 죽였다. 잠잠했다.

하지만 다음 순간, 귀청 터지는 굉음이 갱을 메웠다. 아이들 중 하나가 공포에 질려 비명을 질렀다.

다시 총싸움이 시작됐다. 내 속에서 분노가 치받고 올라왔다. 총한두 개가 내는 소리가 아니었다. 자마자마들도 경비들도 대부분 살아 있는 게 분명했다. 붕괴가 일어난 지 몇 분이나 됐다고 저 인간들이 또다시 총싸움을 벌이고 있는 걸까. 저 인간들이 지구를 다시 깨우고 말 것이다.

지금은 접전이 아니라 추격전인 듯했다. 총소리가 물러나고 있었다. 나는 생각하지 않으려 애썼다. 갱은 막히지 않았다, 우리는 갇히지 않았다, 억지로 이런 생각을 하면 오히려 부정 타서 상황이 나빠질지도 모르는 일이었다.

우리는 어둠 속에 앉아서 귀를 기울였다. 총성이 계속됐지만 이제는 상당히 멀어져서, 총소리가 아닌 다른 소리도 귀에 들어왔다. 누군가 절룩대며 다급히 오는 소리가 났다. 헐떡이는 소리. 거친 숨소리.

전등 불빛 하나가 들어섰다. 타이바가 돌아왔다. 녀석은 멈추지도 않고 곧장 우리한테로 와서 웅크리고 앉았다. 앉아서도 가쁘게 숨을 몰아쉬었다. 나는 녀석을 홱 떠다밀었다.

"경비 새끼들한테 항복하러 간 줄 알았더니 왜 안 갔냐?"

내가 빈정댔다.

"그럴 수가 없었어."

녀석은 내가 빈정대는 줄도 모르고 심각하게 대답했다.

"아이레스가 숨어 있는 구멍이 흙이랑 돌로 막혔어. 아이레스가 밖으로 못 나와."

"죽었을 거야."

내가 악랄하게 말했다.

"아니야! 아니야! 안 죽었어. 난 알아. 소리가 들렸어."

녀석의 손이 나를 와락 잡았다. 나는 그 손을 피해서 뒤로 풀쩍 물러났다.

"언제쯤이면 일이 네 맘대로 될 거라는 망상을 걷어치울래? 이 정신 빠진 놈아!"

"제발, 레길레 형."

타이바의 헐거운 이가 덜걱거렸다.

"우리가 그리로 가야 해. 지금 당장 아이레스를 구해 줘야 해. 어른들은 총을 들고 다른 데로 뛰어갔어. 어른들이 오기 전에 얼른 가자. 어른들이 돌아오면 내가 아이레스 감춘 거 들통 나. 아이레스가 나와서 다시 일하게 되면, 어른들은 아무것도 몰라!"

녀석의 마지막 말이 얼마간의 다급함과 절실함 그리고 다량의 믿음으로 이루어진 무언가에 둥실둥실 떠 있었다. 다급함만 있으면 어둡고 무거울 텐데 믿음이 그것을 가볍게 만들었다. 거기서 빛이 나기까지 했다. 이상한 생각이었다. 왜 이런 생각이 들까. 내가 평소에 시간을 버려 가며 하던 생각과는 다른 종류의 생각이었다.

이런 생각 탓인지 아니면 타이바의 절실한 믿음에 홀렸는지, 나는 나도 모르게 그러기로 결심했다. 그래, 좋아. 가 보자. 아이레스를 파낼 수 있는지 한번 가 보자. 가서 아이레스가 살아 있는지 보자.

나는 그러자고 했다.

"고마워, 형."

타이바가 신 나서 말했다. 녀석의 목소리가 파르르 떨렸다.

나는 다른 아이들도 모두 데리고 갔다. 나는 매몰된 사람을 꺼내는 작업에 참여한 적이 있지만, 다른 아이들은 그런 경험이 없었다. 이번 기회에 가르치기로 했다. 야누아리오와 그의 팀원들이 나를 가르쳤던 것처럼. 그러면 언젠가 내가 갇혀도 아이들이 나를 꺼내 주겠지.

그리고 만약 아이레스가 살아 있다면, 그래서 우리 중 누구도 죽지 않고 땅으로 올라가면, 파파 마부소가 리쿠르트들을 전원 무사히 데려왔다고 보너스를 줄지도 몰라.

아이레스가 숨어 있는 곳은 무너진 돌에 막혀 있었다. 타이바가 가리키는 장소를 보고 나는 깜짝 놀랐다. 그동안 우리가 자주 지나다니던 곳이었다. 그때는 그저 주변보다 더 깊은 어둠으로만 보였다. 나는 그곳을 옴폭 들어간 암벽 틈 이상으로는 생각하지 않았다.

"들어가면… 둥글어져."

타이바가 자기 전등으로 그 지점을 비추면서 손으로 구부러지는 시늉을 했다.

아직도 총소리가 들렸다. 하지만 멀리 다른 갱도에서 들렸다. 불행 중 다행은 무너져 내린 돌들 크기가 살살 들어내기에 너무 크지도 작지도 않다는 거였다. 하지만 시간이 걸리고 주의를 요하는 작업이었다. 나는 시작하자마자 부아가 치밀었다.

내가 왜 이 짓을 하겠다고 했을까?

"아무 소리도 안 들려. 죽었나 봐. 깔려 죽었거나, 질식해 죽었거나."

내가 타이바에게 말했다.

"아니야, 아이레스는 분명히 살아 있어."

타이바는 요지부동이었다.

나는 스스로에게 말했다. 내가 이 짓을 하는 이유는 아이레스가 지금쯤 어떤 상태가 돼 있을지 그게 궁금해서일 뿐이야. 다른 이유는 없어. 물론 그것도 아이레스가 살아 있을 때 얘기지만.

그동안 타이바가 물과 음식을 가져다줬다면 아이레스는 적어도 가끔씩은 빛을 봤을 거다. 하지만 나머지 시간은? 좁다란 어둠 속에 장님처럼 있었다는 얘기다. 어른들이 바싹 지나다니고 지척에서 일하는 아슬아슬한 곳에서 혼자 숨어서. 작업이 시작되고, 끝나고, 또 시작되는 소리를 들으면서. 어른들이 일하는 소리, 욕지거리 소리를 코앞에서 들으면서. 아니면 무서운 정적 속에서 언제라도 발각될 위험에 떨면서. 기침 소리, 작은 움직임 하나면 모든 게 끝장나는 상황이었다.

아이레스는 지금쯤 실성하지 않았을까? 정신을 놓지 않았을까? 어둠의 짐승이 되어 있지 않을까? 그 상태로 이렇게 오래 있었으면 지금쯤 땅속 괴물이 됐을지 몰라. 어쩌면 구멍에서 나오려 하지 않을지도 몰라. 미친 짐승처럼 갱을 떠나려 하지 않을지 몰라.

또는 하나도 달라지지 않았을 수도 있다. 여전히 팔려 온 어린 자마자마에 불과할지 모른다. 여기 있는 우리들처럼. 그렇게 생각하니 숨어 있던 아이레스나 작업하고 있던 우리나 처지가 별로 다르지 않다는 생각이 들었다. 낮인지 밤인지 모르고 두더지처럼 사는 것은 우리 모두 마찬가지였다. 땅속에서 몇 달을 보내다가 허리는 휘고 눈은 먼 상태로 땅에 올라가는 것은 우리 모두 매한가지였다.

내가 이렇게까지 아이레스 생각을 해 보기는 처음이었다. 아이레스는 타이바가 숨기기 전에는 나한테 아무것도 아니었다. 없는 아이나 다름없었다. 그런데 이제는 이런 생각이 들었다. 어떤 면에서는 아이레스가 나보다 나은 존재다. 아이레스한테는 이런 땅속에서도 마음을 써 주는 친구가 있다.

나는 아이들이 가르쳐 준 대로 잘하고 있나 둘러봤다. 그리고 돌 더미로 막혀 있는 지점에서 어떤 움직임이 없는지 주시했다. 처음부터 그렇게 생각했지만, 총격이 붕괴의 원인이라는 생각이 점점 굳어졌다. 총알이 헐겁게 물려 있던 돌 조각에 맞았고, 그 충격으로 붕괴 사태가 일어난 거였다.

내 생각이 다시 아이레스를 향했다. 코앞에서 나는 총소리를 들으며 이 좁은 틈에 쪼그려 앉아 있는 기분은 어땠을까.

맞다, 총소리. 나는 소스라치게 놀랐다. 어느 샌가 총소리가 멈춰 있었다. 어른들이 당장에라도 돌아올 수 있었다.

"이제 그만해. 시간이 없어. 곧 어른들이 돌아올 거야. 어른들이 오기 전에 여기서 벗어나는 게 좋아. 주베날이 기다리고 있으라고 한 곳으로 돌아가 있어야 돼."

내가 아이들에게 말했다.

"안 돼, 제발, 레길레 형!"

타이바가 절박하게 매달렸다.

"봐! 보여? 여기 공간이 생겼어. 내가 들어가 볼게."

녀석은 말이 끝나기 무섭게 사라지더니, 암석 더미에 뚫린 구멍으로 꿈틀대며 기어들어 갔다. 구멍이 보기보다 큰 모양이었다. 하지만 커 봤자였다. 녀석은 온몸을 돌에 긁히며 아등바등 쑤시고 들어갔다. 꼴통 짓이었다. 엄청나게 위험한 짓이었다. 나는 숨이 막혔다. 녀석 때문에 또 다른 붕괴가 일어날지 몰랐다.

이윽고 녀석의 몸이 어둠 속으로 완전히 사라져 버렸다.

"작업 중단해. 우린 간다."

나는 아이들에게 다시 명령했다.

그런데 이상한 일이었다. 몸이 떨어지지 않았다. 나는 계속 같은 자리에 쭈그리고 앉아서, 무슨 일이 벌어지는지 지켜보고 있었다. 타이바가 제 친구를 데리고 나오기를 기다리고 있었다.

내 속에서 새로운 종류의 분노가 거세게 북받쳐 올랐다. 망할 놈의 녀석. 녀석이 자기의 미친 희망을 내게도 전염시켰다.

말도 안 돼! 나는 녀석의 꼴통 짓에 동참할 마음이 없었다. 아이레스는 죽었다. 그리고 여기서 빨리 꺼지지 않으면 어른들이 와서 우리를 족칠 게 뻔했다. 페이스맨이 올 게 뻔했다.

그런데도 나는 계속 쭈그리고 앉아 지켜보며 귀를 기울이고 있었다. 다른 아이들도 모두 찍소리 내지 않았다. 아이들 모두 타이바보다 덩치가 컸다. 아이들 중 하나가 구멍으로 따라 들어가서 상황 파악에 나서는 것은 애초에 불가능했다.

그때 타이바가 사라진 곳에서 웅얼대는 목소리가 들렸다. 목소리가 둘이었다. 순간 나는 몸이 부풀어 오르는 기분이 들었다. 부풀지만 가벼워지는 느낌이었다. 마치 내가 풍선이고, 누군가 내 안에 공기를 주입하는 것 같았다. 얼마나 미치면 이렇게 되나?

이제는 가느다란 비명 소리가 났다. 그러다 잠잠해졌다. 이어서 타이바가 빠르고 다급하게 말하는 소리가 들렸다. 그러더니 엎치락 뒤치락하며 서툴게 마구 서두르는 소리가 났다. 나는 숨이 멎을 것만 같았다. 저 녀석들이 저렇게 난리치다가 또다시 붕괴가 일어나면….

그때 타이바가 돌무더기 구멍에서 뒤로 기어 나오는 게 보였다. 녀석이 장님처럼 허위허위 나왔다. 무언가를, 아니 누군가를 질질 끌면서. 잠시 후 우리 눈앞에 아이레스가 나타났다. 그림자처럼 비쩍 마른 몰골이었다. 아이레스가 우리의 전등 불빛에 놀라 손으로 눈을 가렸다. 머리가 깊게 찢어져서 피가 흐르고 있었고, 두 다리도 피투성이였다. 다른 데도 성한 데가 거의 없었다. 돌 더미를 헤치며 질질 끌려 나오느라 생긴 상처들이었다.

"빨리 가!"

나는 아이들을 다그쳤다. 내 목소리가 필요 이상 높이 찢어졌다. 타이바가 마구잡이로 헤쳐 놓은 바람에 가까스로 잠잠해진 돌사태가 다시 일어날까 봐 조마조마했다.

"여기서 얼른 피해야 돼."

"아이레스가 못 걸어."

타이바가 헐떡이며 말했다. 지금 보니 피를 흘리는 것은 녀석도 마찬가지였다.

"커다란 돌이 아이레스의 다리를 쳤어."

"그거야 네 문제고."

내가 말했다.

"빨리 움직여! 가, 돌아가!"

다른 아이들은 냉큼 시킨 대로 했다. 타이바만 꾸물댔다. 녀석은 아이레스를 끌고 갈 준비를 했다.

"너 때문에 우리가 죄다 죽게 생겼어. 너랑 네 잘난 친구 녀석 때문에."

내가 쏴붙였다.

진심이었다. 그런데 왜 내가 몸을 굽혀서 아이레스를 들어 올리고 있나? 모르겠다. 나는 아이레스의 앙상한 몸뚱어리를 어깨에 들쳐 멨다. 전에 페이스맨이 타이바를 죽도록 팼을 때 녀석을 들쳐 멨던 것처럼.

"빨리 가!"

우리는 다른 아이들 뒤를 따라 급히 뛰어갔다.

"고마워, 레길레 형."

타이바가 내 옆에서 숨넘어가는 소리로 말했다.

나는 우리가 있었던 자리를 되돌아봤다. 무너진 돌들로 그득했다. 우리가 있었던 티는 나지 않았다. 하지만 우리가 돌무더기에 뚫어 놓은 구멍은 어쩌지? 어른들은 낙석 상태를 미리 살폈을 리 없었다. 갱에 경비들이 쳐들어와서 총격전이 벌어진 판에 그럴 경황이 어디 있었겠는가.

나는 그렇게 믿었다. 그렇게 믿을 수밖에 없었다. 평소의 나라면 최악의 상황을 생각했을 거다. 아무것도 바라거나 기대하지 않는 게 안전했다. 그편이 실망할 일이 적었다.

우리는 주베날이 대기하고 있으라고 했던 숨 막히게 답답한 장소로 돌아갔다. 타이바는 물을 가진 아이들에게 아이레스에게 먹일 물을 구걸했다.

갱은 이제 고요했다. 우리에게 오는 사람도 없었다. 우리는 기다렸다. 일하는 것도 아니고, 쉬는 것도 아니고, 그저 기다리는 시간이 이어졌다.

작업을 재개해도 안전할지 어떨지 알 수 없었다. 어른들이 이번 붕괴 사태를 심각하게 여기지 않는다면 돌아와서 우리가 손 놓고 있는 걸 보고 우리를, 특히 나를 혼낼 게 뻔했다. 내가 확실히 아는 것은 그것뿐이었다.

하지만 낙석이 발생하자마자 작업을 재개하는 것은 너무 위험했다. 나는 그렇게 결론 내렸다. 지구의 배 속은 잠드는 법이 없다. 평소에도 위험하지만, 지금처럼 땅이 움직였다가 다시 진정 국면일 때가 특히 위험하다. 땅은 아직도 골이 나 있었다. 수틀리면 1차 분노 폭발 때 발칙하게 살아남은 것들을 마저 처단하려고 다시 들고일어날 수도 있었다.

타이바가 아이레스를 돌보고 있었다. 가끔씩 자기 나라 말로 나직이 웅얼댔다. 아이레스는 아무 말도 하지 못했다. 그러다 아이레스가 날카로운 비명 소리를 냈다. 그나마도 한 번뿐이었다. 아이레스는 고통에 겨워 헐떡대기만 했다. 한두 번 의식을 잃었다가 다시 깨어나는 것 같기도 했다.

나머지 아이들은 쥐 죽은 듯 조용했다. 우리는 기다렸다. 지금까지 우리가 얼마나 기다린 건지 감이 잡히지 않았다. 하루?

내 판단이 틀린 게 아닐까 불안해졌다. 어른들이 총격전을 끝내고 서둘러 돌아올 거라고 믿은 내가 멍청했나? 어른들은 지금쯤 다 죽었을 수도, 부상당했을 수도 있었다. 경비들이 어른들을 죄다 잡아다 경찰에 넘겼을 수도 있었다. 경찰은 자마자마를 잡으면 체포하거나, 뇌물을 받고 풀어 주거나 둘 중 하나였다.

나는 아이들에게 전등을 아끼라고 말했다. 그리고 물도 아껴 마시라고 했다.

"물은 벌써 끝났어."

타이바가 말했다.

"레길레 형, 왜 그런 말 해? 어른들은 언제 와?"

녀석이 물었다.

"나도 몰라."

나는 녀석에게 끔찍한 현실을 일깨워 주기로 마음먹었다.

"다 죽었나 보지. 다 체포됐을 수도 있고, 낙석이 더 있어서 우리가 갇혀 버린 걸 수도 있고."

녀석은 잠시 생각에 잠겼다. 그러다 물었다.

"얼마나 기다려야 돼?"

"나도 몰라."

나는 아까보다 더 크게 말했다. 결정은 내 책임이었다. 그게 내 책임인 게 싫었다.

"내가 결정할 거야. 더는 아무 질문 마."

"아이레스가 한쪽 다리를 많이 다쳤어."

타이바가 말했다.

"의사가 필요해. 바버튼 타운에 큰 병원 있지? 우리가 파파 마부소 한테 올 때 봤어."

"헛꿈 좀 작작 꿔. 파파는 리쿠르트들을 의사에게 데려가지 않아. 민간 치료사든 병원 의사든 절대로 안 데려가. 파파가 직접 치료하거나, 못하면 그대로 끝인 거야. 그리고 파파는 치료할 가치가 있다고 생각될 때만 치료해. 다시 말해서, 너무 심하게 아프거나 다쳐서 어차피 다시는 일을 못할 것 같다 싶으면 아예 신경도 안 써."

"내가 파파한테 말할래."

나는 포기했다. 말해 봤자 소용없었다. 이 꼴통 녀석은 아직도 모든 게 제 맘대로 될 거라고 생각하고 있었다.

"그만 지껄여. 계속 나불대 봤자 목만 말라."

물이 떨어졌다는 생각 때문인지, 나는 땅속 열기 속에서 다른 어느 때보다도 목이 탔다. 땅속 열기는 내가 땅 위에서 겪었던 어떤 열기와도 달랐다.

"레길레 형, 형은 옳은 결정을 할 거야."

타이바의 목소리는 정말로 그렇게 믿는 목소리였다.

하지만 그렇지 않으면? 내가 잘못된 판단을 하면? 그래서 아이들이 위험해지면? 내가 위험해지면? 내가 아이들에게 딱히 애정이 있어서는 아니었다. 내가 여기서 파파 마부소의 리쿠르트들을 무사히 건사 못한 채 나만 무사히 나가 봤자 나에게 좋은 일이 하나도 없었다.

그래서 우리는 어둠 속에서 기다렸다. 나는 아이들의 숨소리에 귀 기울였다. 타이바의 전등만 아이레스의 상태를 살피기 위해서 두 번 켜졌다가 꺼졌다.

우리 중 누군가가 나가서 일이 어떻게 됐는지 알아봐야 한다는 쪽으로 마음이 조금씩 움직였다. 그러고 싶었다. 그런데 다른 한편으로는 그러기 싫었다. 출구가 막혔다는 것을 알게 될 때의 기분이 어떨지 상상하고 싶지 않았다. 페이스맨에게 잡히는 상상도 하지 않으

려 애썼다. 페이스맨은 우리가 주베날의 명령에 복종하지 않았다고
펄펄 뛸 게 분명했다.

갈증과 궁리 때문에 머리가 지끈거렸다. 나도 다른 아이들처럼 잠
이 왔으면 좋겠다. 그러면 생각할 필요가 없으니까. 하지만 설사 잠
이 온다 해도 나는 깨어 있어야 했다. 내 머리는 이 상황을 이루는 모
든 조각들을 낱낱이 걱정하고 있어야 했다. 갱에 도사린 위험들, 어
른들, 갈증, 굶주림, 매몰 가능성.

나는 아이들이 내는 소리를 들으며 누워 있었다. 몇몇이 곤히 잠든
숨소리를 냈고, 한 명은 코를 골았다. 잠이 안 든 아이들은 요란하
게 한숨을 쉬면서 이리저리 뒤척였다. 타이바는 가끔씩 소곤대며 아
이레스를 다독였다.

나는 어둠 속에 도사린 것들과, 사람들의 목소리와, 그 밖의 소리
들을 상상하기 시작했다. 그리고 반짝이는 빛도 상상했다. 금처럼
반짝이는 것. 우리가 캐는 원석이 우리의 시야와 손을 떠난 후에 얻
게 될 빛. 금이 원석에서 추출되고, 업자에게 팔리고, 물건으로 만들
어진 후에 얻게 될 빛. 뭔지 몰라도 금으로 만드는 물건이라면 주로
액세서리겠지? 나야 확실히는 알 수 없었다. 우리에게는 그런 얘기를
해 주는 사람도, 들을 일도 없었다.

나는 가끔씩 금으로 만든 미지의 아름다운 물건을 그려 보곤 했
다. 내가 캤을 때는 더러운 돌덩어리였지만, 지금은 상냥한 미소와
달콤한 향기를 가진 사랑스런 소녀의 목이나 손가락에 감겨 반짝이

고 있을 미지의 물건.

"누가 오는 소리가 나."

타이바가 흥분과 희망이 가득한 소리로 말했다.

내 귀에도 정말로 소리가 들렸다. 그 소리는 땅속에 내려와 있는 동안 내가 기다리면서도 기다리지 않으려고 애쓰는 소리, 하지만 들을 때마다 지금까지 들었던 어떤 소리보다 반갑고 달콤한 소리였다. 그것은 싸구려 플라스틱 선글라스로 가득한 가방이 달그락거리는 소리였다.

나는 내 전등을 켰다. 그런데 선글라스를 들고 오는 사람이 주베날이 아니었다. 우리가 있는 낮고 후미진 곳으로 말로리가 머리를 숙이고 들어섰다.

"파파 마부소가 이걸 보냈어. 너희는 이제 올라갈 차례야. 새 자마자마들이 대기 중이야. 얼른 서둘러."

새 자마자마들이란 우리와 교대해서 갱에 내려올 다른 리크루트 팀을 뜻했다. 다른 리크루트 팀은 갱내 작업이 시작되거나 끝날 때, 교대하면서 서로 스칠 때 말고는 볼 일이 없었다.

"이게 뭐야?"

내가 선글라스를 나눠 주자 타이바가 물었다.

선글라스 개수는 우리들 머릿수와 딱 맞아떨어졌다. 그 얘기는 타이바가 아이레스를 숨겨 놓은 동안 아이레스가 없어진 사실을 아무도 몰랐거나 보고하지 않았다는 뜻이다.

"눈 보호용이야. 땅 위로 올라갈 때는 혹시 저녁이나 새벽이라 해도 이걸 쓰고 빛을 피해야 돼. 올라가면 밤일 때도 있어. 그때도 마찬가지야."

내가 말했다.

녀석은 몇 초간 조용하다가 아이레스한테 무슨 말인가 했다. 녀석의 목소리에 리듬감이 실려 있었다. 꼴통 녀석이 신이 났다. 또 무슨 망상을 하고 있기에 저럴까?

나는 갱에 내려올 때 가지고 왔던 옷가지와 깡통과 플라스틱 통들을 주섬주섬 주워 모았다. 나머지는 나가는 길에 그동안 작업했던 곳과 쉬었던 곳을 지나면서 보이는 대로 챙겼다. 못 챙기는 게 있어도 그만이었다.

내가 일할 때도 항상 몸에 지니고 있는 것은 갱에서 직접 받는 급료뿐이었다. 나는 음식 사 먹고 남은 돈을 봉지에 담아서 끈에 걸고 다녔다. 나머지 급료는 파파 마부소가 나 대신 수령해서 보관했다. 반면 어른들은 갱에서 일하는 동안 급료를 전액 지급받았다. 물론 나 말고 다른 아이들은 한 푼도 못 받았다.

말로리가 우리에게 행동이 굼뜨다고 욕을 퍼부었다. 이번에도 내가 아이레스를 들쳐 메고 가야 할 판이었다.

"이 갱은 이제 글러먹었어."

우리가 더 넓고 높은 갱도로 들어서자 말로리가 나한테 말했다.

"어제 총격전 소리, 너도 들었지? 네 명이 죽었어. 경비 새끼들이 시체를 가져다 경찰에 넘겼어. 생포한 놈들도 넘겼어. 걸린 것들은 대부분 외국인 꼴통들이야. 페이스맨이 그것들 빼 오겠다고 뇌물을 쓸 것 같지는 않아. 맨날 그 자리를 채울 놈은 지천으로 깔렸다고 말하니까. 페이스맨은 신디케이트에 보고하러 갔어."

페이스맨이 없다. 선글라스가 달그락대는 소리만큼이나 반가운 뉴스였다.

드디어 우리는 동물 우리처럼 생긴 승강기에 올라탔다. 승강기를 타는 것은 우리가 갱을 나가기 전에 마지막으로 목숨을 내놓고 하는 일이었다. 승강기는 광산 소유주가 광산을 폐쇄한 이후로 제대로 점검을 받거나 수리를 받은 적이 없었다. 게다가 광산이 폐쇄된 것은 아주 오래전이었다. 최초의 자마자마가 불법 채굴을 시작한 것은 폐광이 되고도 한참 후였다.

타이바 녀석이 소리 죽여 노래를 불렀다. 이 철없는 녀석은 악몽이 끝났다고 믿고 있었다.

5

빛이 눈을 찔렀다. 선글라스를 써도 눈이 시렸다. 타이바가 헉하고 놀란 숨을 들이마셨다. 녀석은 두 손으로 황급히 선글라스로 가린 눈을 한 겹 더 덮었다.

사방으로 뻗은 초원이 눈부셨다. 하늘빛을 받아서 밝게 빛났다. 하늘 자체를 쳐다보는 것은 엄두도 낼 수 없었다. 경비들은 보이지 않았다. 자마자마들을 광산에서 완전히 몰아냈다고 생각하고 떠난 모양이었다. 우리가 나온 갱 입구 근처에 한 아주머니가 신디케이트 갱외 인부 몇 명과 실랑이를 벌이고 있었다. 스와질란드 사람이었다. 아주머니가 울면서 애걸했다.

"내 아들이 죽은 장소를 봐야겠어요. 경비들이 내 아들을 쐈다는데가 어디예요? 나는 아들이 남아공에 있는 줄도 몰랐어요. 자마자마로 간 줄 몰랐어요. 나한테는 다르게 말했거든요. 스와질란드 경찰이 갑자기 우리 집에 와서, 남아공에서 연락이 왔다고, 나한테 가서 죽은 불법 노동자의 신원을 확인해야 한다고 했어요. 그전까지 나는 까맣게 몰랐어요. 여기 경찰은 광산에는 가면 안 된다고… 위험하다고 했지만 물어물어 찾아왔다고요."

"가도 볼 거 없어, 아줌마. 꺼져!"

인부들이 몽둥이와 무소 가죽 채찍으로 아주머니를 위협했다.

"어르신, 제발요, 내가 가서 봐야…."

"확인할 시체가 있는 것도 운 좋은 줄 알아. 어서 꺼져!"

인부 중 하나가 아주머니를 떠밀었다.

그때 파파 마부소의 부하들이 우리들 앞에 나타났다. 부하들 소리에 묻혀서 아주머니의 울음소리가 더는 들리지 않았다. 부하들이 우리에게 트럭 뒤에 올라타라고 고함쳤다. 그리고 아이들의 전등을 거둬 갔다. 새로 들어가는 리쿠르트 팀에 주기 위해서였다. 내 전등은 내줄 필요가 없었다. 내 전등은 리쿠르트 통솔을 맡길 때 파파가 아주 줬다. 파파의 부하들도 광산 인부들처럼 채찍을 들고 다녔다. 부하 중 하나가 나한테서 아이레스를 떼어 내 트럭 짐칸에다 던졌다. 아이레스가 비명을 질렀다.

타이바가 아이레스를 따라 트럭에 뛰어올랐다. 녀석이 탈출 시도로 나를 당장 엿 먹일 것 같지는 않아서 일단 마음이 놓였다. 녀석은 적어도 지금은 탈출할 수 없었다. 녀석이 아이레스 없이 탈출할 리만무했다. 그리고 아이레스는 움직일 수 있는 상태가 아니었다.

말로리와 얘기 중인 파파 마부소가 보였다. 타쿤다와 다른 어른들이 우리와 교체해서 들어가는 자마자마들을 가축처럼 모으고 있었다.

트럭 짐칸이 미어터졌다. 모두들 바싹 붙어 서 있어야 했다. 타이바가 아이레스를 붙잡고 자기 몸과 아이들 몸 사이에 끼워 넣었다. 아이들 몸이 빽빽이 밀착된 덕분에 아이레스가 주저앉지 않고 용케 서 있었다. 아니었으면 아이레스는 밟혀 죽거나 질식해 죽었을 거다.

햇빛이 머리와 어깨에 닿는 느낌과 기다란 풀 위에 눕는 각도로 볼 때, 시간은 늦은 오후 같았다. 아무리 오후라도 해 근처는 쳐다볼 수 없었다. 아까 갱에서 올라오면서 말로리에게 날짜를 물어봤다. 말로리는 9월 말이라고 했다. 말로리도 정확한 날짜는 몰랐다.

그렇다면 우리가 이번에는 땅속에 3개월 동안 있었다는 얘기였다.

9월 말이면 초여름이다.(남반구에 위치한 남아공에서는 계절이 가을, 겨울, 봄, 여름 순으로 진행된다) 하지만 여름 더위도 갱의 열기에 비하면 아무것도 아니었다.

땅속에서는 서로의 악취에 익숙해진다. 하지만 땅 위로 올라와 공기와 햇빛에 노출되면 다시금 악취가 코를 찌른다. 왜 그런지 모르겠다. 우리들의 고약한 몸 냄새에 트럭에서 뿜어져 나오는 기름 냄새까지 가세했다. 운전사는 시동을 걸어 둔 채로 대기했다. 파파가 말로리에게 새 리쿠르트 팀을 넘기고 얘기를 끝내는 기미가 보일 때마다 트럭 운전사는 부릉대면서 엔진 공회전 속도를 올렸다.

울던 아주머니. 갱에서 올라오면서 하필 못 볼 것을 봤다. 언젠가 저 일이 내 일이 될 수도 있다는 생각을 떨칠 수가 없었다. 내가 총에 맞아 죽거나 사고로 몸이 망가지고, 우리 엄마가 연락을 받고 그제야 내가 거짓말을 했다는 것을 알게 되는 일.

죽은 사람이 불법 노동자라던데, 경찰이 그의 엄마에게 아들 시신을 순순히 내줄까? 시신을 고향에 가져가게 해 줄까? 살아서 잡혔다면 그 즉시 국경 너머로 쫓겨났을 것이다.

그래, 내가 지금 걱정할 일은 그거였다. 울던 아주머니 걱정이 아니라 살아서 잡히는 걱정. 이제 땅 위로 올라왔으니 이제는 땅 위의 위험들에 촉각을 세워야 했다. 가령 나를 수상쩍게 보고 내 신상을 캐물을 만한 사람들. 이민국 사람들. 이제는 그런 사람들의 이목을 피해 다녀야 했다. 이제 와서 그렇게 추방될 수는 없었다.

"파파? 파파?"

내 귀에 타이바의 목소리가 들려왔다. 파파 마부소가 트럭 쪽으로 오고 있었다. 파파의 걸음걸이는 어딘지 어색하고 고르지 않았다. 파파는 몸 앞에 뭔가를 감춘 사람처럼 양어깨를 웅크리고 허둥대듯 걸었다. 듬성듬성 자란 수염은 희끗희끗했다. 파파도 이제 나이를 꽤 먹었을 거다. 딸이 그렇게 어린 게 신기할 정도였다. 막내딸이겠지. 집안일에 부릴 목적으로 데리고 사는 딸이었다.

"파파는 왜 부르고 난리야?"

나는 최대한 우악스런 소리로 타이바를 윽박질렀다. 내가 아이들을 엄히 다스리고 있다는 것을 파파에게 보여 줄 필요가 있었다.

"파파가 아이레스를 도와줘야 해."

녀석은 들은 척 만 척이었다.

"병원에 데려가야 해."

"멍청한 짓 집어치워. 말했지, 치료를 해도 파파가 직접 한다고. 그리고 기다려 좀! 파파더러 지금 당장 여기서 뭘 어쩌라는 거야?"

"아이레스가 트럭 앞자리에 타면 안 돼?"

타이바가 그걸 가능한 일로 생각하는 것 자체가 더 기막혔다. 녀석의 얼굴이 반짝거렸다. 눈이 시려서 선글라스 아래로 흘러내린 눈물 때문만은 아니었다. 녀석의 얼굴이, 또 다른 무언가로 반짝거렸다. 믿음, 뭐 그런 것.

나는 웃음을 터뜨렸다. 그러다 문득 멈췄다. 언제부터인지 타이바는 내가 웃는 유일한 이유가 됐다. 물론 좋아서 웃는 것은 아니었다. 그건 확실했다. 그런 생각이 드니 나 자신이 한심하게 여겨졌다. 실없는 놈이 된 기분이었다.

타이바 녀석에게 새삼 약이 올랐다. 하지만 그쯤에서 입을 다물었다. 파파 마부소가 우리가 하는 말을 들었는지 아닌지는 알 수 없었다. 파파는 우리 쪽은 쳐다보지도 않고 곧바로 트럭 앞자리에 올라탔다.

트럭은 금세 울퉁불퉁한 비포장도로로 접어들었다. 나는 머리가 멍했다. 머릿속이 허연 안개로 가득 찬 느낌이었다. 트럭이 덜컹댈 때마다 온몸이 깨지는 것 같았다. 이런 길에 시달리고도 아이레스의 목숨이 붙어 있을지 의문이었다.

항상 이 길이었다. 우리는 항상 같은 길로 광산으로 실려 가고, 실려 왔다. 내가 처음 땅속에 들어갈 때부터 변함없었다. 우리는 타운과 간선도로를 멀리 피해 다녀야 했다. 아이들을 잔뜩 실은 트럭은 곧바로 경찰의 단속 대상이었다.

트럭이 오르막길을 달려 파파가 사는 곳으로 향했다. 산으로 둘러싸인 바버톤 타운이 발아래에 펼쳐졌다. 타운이 거대한 대야 속에 누워 있는 모습이었다.

바버톤 산간 지대. 사람들은 이 일대를 그렇게 부른다. 산들이 서로에게 그림자를 드리워서 옛날 광산 입구들을 덮었다. 파파의 집도 숨겨져 있었다. 산그늘 아래에 무엇이 더 얼마나 감춰져 있는지는 나도 알 길이 없었다. 은폐해야 할 필요가 있는 모든 것, 또는 모든 사람들.

파파의 집에 당도하는 느낌은 언제나 갑작스러웠다. 파파의 집은 마지막 순간까지 산에 가려 있다가, 트럭이 산비탈에 거대한 코처럼 튀어나와 있는 바위를 돌면 그때야 갑자기 눈에 들어온다.

거기서 다시 한 번 방향을 틀면, 파파의 집이었다. 갱에서도 가장 깊은 층, 거기서도 가장 갑갑하고 불안정한 구멍, 거기서도 가장 어렵고 위험한 작업을 할 아이들을 조달하는 대가로 파파가 신디케이트로부터 얼마를 받는지 나로서는 알 길이 없었다. 신디케이트에서 들어오는 돈으로 파파의 은행 계좌가 터져 나간다는 말만 돌았다. 그렇다고 파파의 집이 부잣집처럼 생긴 것은 아니었다. 파파의 집은 작고 단순했다. 집 뒤는 기다란 헛간이었다. 리쿠르트들이 자는 곳이었다. 헛간 한쪽 끝에 골함석으로 만든 방이 붙어 있었다. 오래전에 파파가 리쿠르트 팀의 통솔자를 위해서 따로 만든 방이었다. 지금은 내가 쓰고 있고, 전에는 야누아리오가 썼다. 우리 팀이 갱에 있을 때는 다른 팀의 통솔자가 쓰겠지. 그쪽 통솔자의 이름 따위는 모른다.

운전사와 나는 파파를 도와서 아이들을 헛간에 몰아넣었다. 타이바는 상황이 파악되자 다시 파파 쪽으로 몸을 돌려 입을 달싹댔다.

"기다려!"

내가 급히 말렸다. 하지만 타이바는 내가 자기한테 말하는지도 몰랐다. 나는 눈치를 주려고 녀석을 쿡 찔렀다.

"파파가 알아서 물어볼 거야. 그때 내가 아이레스 얘기를 할게."

녀석이 입을 놀려서 파파에게 얻어터지거나 말거나 내가 왜 나서는지 모르겠다. 파파가 늙긴 해도 뼈가 불거진 그의 거대한 주먹은 지금도 충분한 위력을 발휘했다. 타이바는 내게 아무것도 아니었다. 녀석이 계속 화를 자초하다가 어떻게 되거나 말거나 내 알 바 아니었다. 그래야 했다.

"밥은 한 시간 후에 올 거야."

파파는 아이들에게 이렇게 말하고 헛간 문을 걸어 잠갔다.

나는 파파와 운전사를 따라 집 안으로 들어갔다. 들어가면 곧바로 부엌 겸 식당이었다. 파파의 딸이 차를 끓이고 있었다. 내 짐작에 파파의 딸은 열여섯 살쯤 됐다. 이름은 카테카니다. 나는 땅속에서는 절대로 이 애의 이름을 떠올리지 않았다. 땅 위에 올라왔을 때만 이 애의 이름을 기억에서 불러냈다.

카테카니가 아버지와 운전사에게 먼저 인사하고, 그다음에 나에게 말했다.

"무사히 돌아와서 기뻐, 부티."

이 애가 아예 안 웃는 것은 아니었다. 하지만 자기 아버지 앞에서는 웃는 것을 못 봤다. 지금도 말은 기쁘다고 하면서 얼굴은 슬픈 얼굴이었다.

"응, 너도 잘 지냈지?"

나도 인사를 건넸다.

"그럼."

카테카니가 대답했다.

"차나 가져와."

파파가 딸에게 면박을 주었다. 카테카니는 아버지에게 먼저 차를 따르고, 그다음에 운전사에게 따르고, 마지막으로 나에게 따랐다.

우리는 탁자에 둘러앉았다. 의자에 앉는 것만으로도 특별 대우를 받는 기분이 들었다. 갱에서 나와 처음으로 마시는 차는 언제나 꿀맛이었다. 설탕을 듬뿍 넣은 뜨겁고 진한 차.

파파와 운전사가 얘기를 나눴다. 내가 낄 대화는 아니었다. 오히려 다행이었다. 나는 그저 조용히 있으면 됐다. 차를 한 모금 한 모금 낱낱이 즐기고, 카테카니를 쳐다보는 데 마음을 집중할 수 있었다. 그렇다고 카테카니가 예쁘게 생긴 것은 아니었다. 게다가 한쪽 다리는 막대기처럼 가늘고, 그쪽 발은 다른 발보다 훨씬 작았다. 카테카니는 양손에 하나씩 지팡이를 짚지 않고서는 한 걸음 이상 걷지 못했다. 다만 집 안에서는 지팡이 하나에 의지해서 한 번에 한 걸음씩 꼬물꼬물 움직이며 부엌일과 청소를 해냈다.

카테카니는 매일 아침 리쿠르트들이 먹을 음식을 헛간에 가져갔다. 음식을 커다란 가방에 넣어서 오른손에 들고 갔다. 가방 손잡이를 잡은 손으로 지팡이까지 짚다 보니 팔을 잔뜩 뻗고 걸었다. 리쿠르트들의 아침은 빵이 다였다. 그래서 가방이 그리 무거워 보이지는 않았다.

카테카니의 지팡이는 칙칙한 나무 지팡이였다. 여기저기 혹처럼 튀어 나온 옹이를 제외하면 일직선이었다. 구부러진 손잡이는 얼핏 봐도 두 개가 짝짝이였다. 바버톤 외곽 도로변에서 지팡이를 만들어 파는 남자한테서 산 거라고 했다.

갱에 오래 박혀 있다 보면, 여자애들과 여자들이 모두 예뻐 보인다. 갱 밖에서 울고 있던 아주머니도 비록 입은 슬픔에 젖어 있었지만 내 눈에는 아름다워 보였다. 수줍은 눈으로 찻잔이 비지 않았는지 살피는 카테카니는 더 말할 것도 없었다. 카테카니는 우리와 함께 앉지 않았다. 화로 위에는 콩을 넣은 옥수수 죽이 끓고 있었다. 카테카니는 냄비를 지켜보는 짬짬이 우리 세 사람의 찻잔에 차가 얼마나 남았는지 살폈다.

"차 더 드려요, 아버지? 더 드려요, 어르신?"

카테카니가 물었다. 하지만 파파 마부소와 트럭 운전사는 이미 의자를 뒤로 빼고 일어섰다.

"아니, 운전사는 이만 가 봐야 해. 수고비 여기 있네."

파파가 운전사에게 돈다발을 건넸다.

"잘 가게."

"네, 쉬세요."

파파가 다시 집 안으로 들어왔다. 이번엔 내가 보고할 차례였다. 나는 미주알고주알 얘기하지는 않았다. 총격전만 언급하고, 갱에서 깔려 죽었다는 사람 얘기만 간단히 했다. 그런 얘기들은 일부러 했다. 파파도 이미 들어서 알고 있을 가능성이 컸으니까.

나는 페이스맨이 걸핏하면 자마자마들을 두들겨 패서 아이들이 성한 몸으로 일하는 데 지장이 많다는 말도 했다. 하지만 파파는 그런 불평은 듣기 싫어했다.

"리쿠르트들은 명령에 복종하고 하라는 일만 열심히 하면 돼. 페이스맨은 페이스맨대로 욕 안 하는 줄 알아? 게을러터진 식충이들을 보냈다고 나한테 욕해. 너는 애들한테 너무 물러 터져서 탈이야."

나는 타이바와 아이레스 얘기는 입도 벙긋하지 않았다. 그냥 아이들 중 하나가 낙석에 크게 다쳤다고만 했다.

"제일 작은 애예요."

나는 아이레스가 다른 아이들이 들어가기에는 좁은 장소에서 일하고 있었고, 그 바람에 혼자 다쳤다는 뉘앙스를 풍겼다.

"우리가 걔를 꺼냈어요."

"내가 살펴보마."

나는 더 이상 아무 말도 하지 않았다. 머릿속이 복잡했다. 타이바와 아이레스를 덮어 주려고 쩔쩔매는 꼴이라니. 파파의 말마따나 내가 물러 터졌다는 증거였다.

솔직히 나는 땅속에서 나오면 마음이 좀 물러진다. 많이는 아니고 그냥 조금 물러진다.

타이바와 아이레스에게 기회를 한 번 줘도 무방할 듯싶었다. 내 생각은 그랬다. 내가 둘을 위해서 뭔가를 하겠다는 것은 아니었다. 반대로 아무것도 하지 않겠다는 뜻이었다. 둘의 상황이 더 나빠지는 데 보태지는 않겠다는 뜻이었다. 이 정도로는 싸고돈다고 볼 수 없었다.

파파 마부소도 말이 없었다. 파파도 내가 급료의 나머지를 기다린다는 것을 알고 있었다. 들리는 소리라고는 카테카니가 찻잔을 씻는 소리와 지팡이 하나가 딸각대는 소리뿐이었다.

얼마 후 파파가 입을 열었다.

"네가 또 스와질란드에 가기에는 아직 일러. 내 대리인이 애들을 모으러 그쪽에 갈 예정이야. 다른 때처럼 돈은 그 사람 편에 너희 엄마한테 전하마. 그래야 너희 엄마가 네가 여기 있다는 낌새를 못 채지."

"네."

내가 대답했다.

이럴 줄 알았다. 예상했던 대로였다. 그래도 실망스런 마음은 어쩔 수 없었다. 집에 가서 가족의 안부를 확인하고, 그사이 동생들이 얼마나 컸는지 보고 싶었는데. 처음 집에 갔을 때 동생들이 훌쩍 큰 걸 보고 얼마나 놀랐는지 모른다.

"엄마한테 편지나 한 통 써라. 대리인한테 전해 주마."

글쓰기. 오랜만에 땅속에서 올라오면 처음에는 뭘 해도 얼떨떨했다. 읽기 쓰기도 마찬가지였다. 어둠 속에서 글자를 새까맣게 까먹은 느낌이었다. 쓰는 것조차 기억을 더듬어야 했다. 원래도 나는 읽고 쓰는 걸 잘하지 못했다. 읽기 쓰기 생각을 하면 옛날에 같이 학교 다니던 애들 생각이 났다. 그 애들이 학교에 계속 다니고 있다면, 지금쯤 나보다 훨씬 앞서 있겠지. 하지만 대부분은 진즉에 학교를 그만두고 돈벌이에 나섰을 가능성이 높았다. 우리 동네는 가난한 동네였다. 나도 벌이가 좋은 일을 찾던 차에, 두둑한 급료와 어른 몫의 일을 약속하는 남자가 나타났던 거다. 아빠가 돌아가시자 내가 가장이 됐고, 가족을 먹여 살려야 했다.

집은 떠났지만 지금도 내가 가장이다. 파파도 그걸 알고 있었다. 집에 보내 주지 않는다고 내가 스와질란드로 내빼거나 하지 않을 거란 걸 잘 알고 있었다. 나는 그럴 수 없었다. 이 벌이를 포기할 수 없었다.

"다음번에는 집에 보내 주마."

파파가 말했다.

"감사합니다."

내가 말했다.

내 귀에도 진심 없이 들렸다. 파파의 얼굴이 굳었다. 내 말투가 못마땅한 기색이었다.

"내가 널 믿는다는 걸 명심해라. 갱에서 나와 있는 동안은 하루 종일 하고 싶은 대로 해도 돼. 타운에 가고 싶으면 가. 여기서 빈둥대고 싶으면 그렇게 해. 엉뚱한 인간한테 불법 노동자란 걸 들켜서 감옥에 끌려가거나 강제 추방되는 일만 없도록 하란 말이야. 낮에는 어디 가 있든 저녁에는 꼬박꼬박 돌아와서 리쿠르트들 저녁이나 날라. 헛간 문을 잠그고 나서 열쇠는 도로 나한테 가져오고. 아침은 카테카니가 가져가니까. 다른 때와 달라진 건 없어."

"네."

나도 리쿠르트들 중 하나였던 시절을 떠올려 보았다. 우리는 대부분의 시간을 헛간에 갇혀 지냈다. 일주일에 두 번 정도 파파가 부른 사람들이 손에 몽둥이나 채찍을 들고 나타났다. 그런 날은 우리 모두 헛간 밖으로 끌려 나와서, 다시 갱에 내려갈 때를 대비한 체력 훈련을 받았다. 들리는 말에 따르면 훈련 책임자는 원래 남아공 경찰이었는데 무슨 비리를 저질러서 경찰에서 쫓겨난 사람이라고 했다. 훈련 책임자는 페이스맨보다도 더 악랄했다. 등과 어깨에 느껴지는 상쾌한 공기와 햇빛만이 매질과 근육이 찢어지는 듯한 고통을 달래 주었다.

아마 지금도 달라진 건 없을 거야. 어쩌면 훈련 책임자도 아직 같은 사람일지 몰라. 이걸 자유라고 부를 수 있을지 모르지만, 파파가 내게 자유를 준 이상 나는 웬만해서는 이 근처에 붙어 있지 않았다. 그래서 아이들이 아직도 같은 사람에게 훈련받는지 어쩐지 확실치 않았다.

나의 뚱한 대답이 파파의 심기를 건드린 게 분명했다. 파파의 탁한 밤색 눈이 차갑게 굳어졌다.

"배은망덕한 놈! 네놈이 나한테 이래? 내가 왜 너한테 이렇게 후한지 알아? 내가 왜 너를 믿는지 알아? 그게 다 너를 아들처럼 생각하기 때문이야."

파파가 역정을 냈다.

나는 파파의 말을 믿지 않았다. 파파는 내 전임자 야누아리오에게도 똑같은 말을 했을 게 분명했다. 나도 야누아리오처럼 죽어 없어지거나 신디케이트에 직접 고용돼서 떠나면, 파파는 내 후임자에게도 같은 말을 할 게 분명했다. 죽거나 고용되거나. 둘 중에 어떤 일이 먼저 일어날지는 나도 모른다.

카테카니는 내가 하지 말아야 할 말을 할까 봐 불안한 눈길을 연신 던졌다. 아니, 파파가 기다리는 말을 내가 하지 않고 버틸까 봐 겁내는 눈이었다.

"파파, 저에게 베풀어 주시는 특별한 대우에 감사드려요. 용서해 주세요. 제가 아직… 머리가 멀쩡치 않아서요. 갱에서 막 올라와서… 이해해 주세요."

하기 싫은 말이었다. 구차한 말이었다. 하지만 파파가 듣기 원하는 말이었다. 나는 바보가 아니었다. 땅속에서는 페이스맨이 권력자인 것처럼, 이곳 첩첩산중에서는 파파가 모든 권력을 쥐고 있었다. 파파는 나를 버릴 수도, 쫓아낼 수도, 신디케이트마다 나를 고용하지 말라는 말을 퍼뜨릴 수도 있었다. 심지어는 나를 경찰에 밀고해서 남아공에서 강제 추방시킬 수도 있었다.

그렇게 되면 내가 집에 돈을 가져갔을 때 엄마의 대견해하는 미소를 다시는 볼 수 없었다. 나는 교육을 충분히 받지 못했기 때문에 이 정도 벌이가 되는 다른 일을 구하기도 어려웠다.

파파가 경멸로 범벅이 된 비열한 소리를 냈다. 파파도 내 말 뒤에 숨은 증오를 모르지 않았다. 내 말은 참말은 아니지만 적절한 말이었다. 파파가 꼬투리 잡을 여지가 없었다.

그렇다고 내 말이 딱히 거짓말이라고도 할 수 없었다. 돈을 벌어서 엄마에게 보낼 수 있는 점은 감사하게 생각했다. 그건 사실이었다. 다만 내가 직접 들고 가게 해 주었으면 더 감사할 뻔했다.

"이제 가 봐. 나중에 다시 오너라."

파파가 말했다.

나는 내 방으로 가서 양동이를 가져왔다. 바깥 수돗가에서 양동이에 찬물을 채우고 몸을 씻었다. 카테카니에게 부탁하면 더운물을 주겠지만, 갱의 열기를 탈출한 직후라 차가운 물이 좋았다. 씻고 나서 방에 들어가 매트리스 위에 드러누웠다. 나는 리쿠르트들에게 저녁을 가지고 갈 시간이 되어서야 일어났다.

"파파가 아이레스를 보러 왔다 갔어."

타이바가 내게 말했다.

나는 아이레스를 보았다. 상처 위마다 시커멓고 뜨거운 반죽이 발라져 있었다. 파파가 예전에 나한테도 저걸 발라 준 적이 있었다. 낙석을 들어내다가 튀는 돌에 맞아 머리가 깨진 채로 갱에서 나왔을 때였다. 반죽에서 고약한 냄새가 나고 반죽 밑의 피부가 가렵기 시작하자 파파가 다 나았다고 했다. 녀석의 몸에는 반죽 외에도, 심하게 다친 다리에 뻣뻣한 붕대가 두툼히 감겨 있었다.

"금방 다 나을 거야."

타이바 얼굴에 희색이 만연했다. 너무 행복해서 종일 갇혀 있는 것쯤 걱정스럽거나 궁금할 짬이 없는 얼굴이었다.

나는 아이들과 먹지 않고 내 저녁을 따로 받았다. 나는 방 밖에 나와 앉아서 먹었다. 집에 들어가서 카테카니에게 다 먹은 접시와 컵을 반납했다. 그리고 다시 내 방으로 가서 매트리트를 밖으로 끌어다 놓았다. 나는 땅 위에 올라온 첫날 밤은 항상 밖에서 잤다.

9월이지만 밤공기는 아직도 선선한 기운이 있었다. 특히 이런 산속은 공기가 더 찼다. 몸이 부르르 떨렸다. 바로 이거야. 나는 갱의 열기에 몇 달을 갇혀 지냈다. 나는 추운 게 좋았다.

나는 매트리스에 누워서 오랫동안 보지 못한 밤하늘을 올려다봤다. 별 무리의 빛 꼬리들이 소용돌이 거품처럼 한데 엉겨서 돌았다.

6

 갱에서 나온 처음 며칠은 발길 닿는 대로, 머릿속 생각이 이끄는 대로 그냥 이리저리 헤매고 다녔다. 공기를 먹듯이, 아니 들이키듯이 폐 속 깊이 신선한 공기를 빨아들였다. 이제는 눈이 시리지 않아서 하늘을 올려다볼 수 있었다. 건조한 겨울은 끝나고, 여름비까지는 아직 한두 달 남아 있었다. 하늘은 구름 한 점, 얼룩 하나 없이 새파랬다. 해가 얼굴에 쏟아지는 느낌이 좋았다. 하지만 구름 낀 하늘과 안개비였어도 좋을 뻔했다. 그랬으면 고향 느낌이 났을 텐데.

 나는 사람들이 많을 것 같은 곳은 피해 다녔다. 기다란 연두색 풀 무더기가 내 팔다리를 쓰다듬었다. 나는 덤불과 나무에서 새순을 뜯어내 손가락 사이에 으깨서 초록색 냄새를 들이마셨다.

 헛간에 갇혀 있는 아이들 생각은 하지 않으려 노력했다. 파파 마부소의 말이 맞았다. 나는 너무 물러 터졌다. 좀 더 냉정해질 필요가 있었다. 나약한 생각이 기어들 틈이나 구멍이 없도록 나 자신을 단단하게 단련할 필요가 있었다.

나는 어떤 날은 바버톤 산간 지대를 헤매고 다녔고, 다른 날은 여기 사람들이 와일드 프런티어(미개척 변방이라는 뜻)라고 부르는 더 먼 지역까지 배회했다. 전에도 와 본 적 있었다. 두 번째로 집에 갈 때, 나는 맛사모 검문소인 젭스리프 근처에서 국경을 넘는 지름길을 택했다. 그때 이곳으로 답사도 오고 실제로 갈 때도 이 길로 넘어갔다.

하루는 초원을 가로질러서 바버톤과 카프무이덴 사이를 지나는 R38번 도로까지 갔다. 거기서 도로를 따라 걷기 시작했다. 이번처럼 지난번에 파파가 집에 못 가게 했을 때, R40번 도로를 돌아본 적이 있었다. 그 도로는 너무 붐볐다. 다니는 차들이 무척 많았다. 나는 도로에서 차를 얻어 탈 계획이 없었다. R38번 도로에는 양쪽 다 울타리가 없었다. 그래서 나는 차가 오면 덤불로 뛰어들었다. 나는 어딘가로 가는 게 아니었다. 그저 헤매는 중이었다. 이렇게 걷다가도 나는 돌아서서 왔던 길로 돌아가야 했다. 하지만 지금 이 순간, 이 자유가 진짜 자유인 척하는 것도 나쁘지 않았다. 멀리 N4번 도로 건너편 어딘가에 날 기다리고 있을 새로운 인생을 향해 걷고 있다는 상상도 나쁘지 않았다. 나는 이 지역 도로들에 빠삭했다. 이번처럼 지난번에 갱에서 나와 집에 가는 게 허락되지 않았을 때, 카테카니에게 바버톤 관광 안내소에서 지도를 얻어다 달라고 부탁했다. 내가 왜 그랬는지는 모르겠다. 이유는 기억나지 않았다. 내 안에도 타이바 같은 아이가 약간은 남아 있었던 걸까. 모르겠다. 바보처럼 탈출을 꿈꾸는 아이. 하지만 이제 그 아이는 사라졌다.

그다음에 갱에서 나왔을 때 카테카니가 내 방에서 지도를 주워서 보관하고 있다면서 원하면 돌려주겠다고 했다. 하지만 지도는 더 이상 필요 없었다. 도로는 이미 다 외우고 있었다.

R38번 도로는 나쁜 일을 꾸미기에 적합해 보였다. 남이 알아서 좋을 게 없는 일을 처리하기에 딱이었다. 길은 황량하고 한적했다. 나는 북쪽을 향해 걸었다. 내 오른쪽은 말 그대로 와일드 프런티어였다. 스와질란드와 모잠비크와 N4번 도로 사이에, 황무지가 이상한 모양으로 뻗어 있었다. N4번 도로를 따라가면 레사노 가르시아 국경 검문소인 레봄보가 나왔다.

마음만 먹으면 여기 도로변 덤불 안에 뭐든 내다 버릴 수 있을 것 같았다. 심지어 시체를 유기해도 아무도 모를 듯했다. 한번은 도로변에서 50미터쯤 떨어진 덤불 안에 불탄 차가 숨겨져 있는 걸 봤다. 아직도 연기가 나고 있었다. 차 안에는 아무도 없었다. 불탄 시체도 없었다. 없애 버리고 싶었던 게 저 차였을까?

도로 상태는 곳곳이 엉망이었다. 어떤 데는 도로 양편에서 나무가 쓰러져 터널을 만들었다. 풀 냄새가 코를 찔렀다. 냄새가 독하고 매울 때도 있었지만, 상쾌하고 달콤할 때도 있었다.

어느새 해가 하늘 아래로 내려와 있었다. 돌아갈 시간이었다. 시간 맞춰 아이들 저녁을 받아다 헛간에 가져다주려면 지금 돌아서야 했다.

파파 마부소는 나한테 어디 갔다 왔냐고 묻는 법이 없었다. 헛간 열쇠를 돌려줄 때 말고는 파파를 볼 일도 없었다. 내게 열쇠를 주는 사람은 주로 카테카니였다. 카테카니가 차를 담은 병과 음식을 주면서 열쇠도 함께 주었다.

오늘 저녁에는 파파의 말도 함께 전해 주었다.

"네 돈이랑 편지는 어머니에게 보냈대."

카테카니가 병뚜껑을 닫다가 눈을 들었다.

"어머니께서 답장은 어떻게 하셔?"

"못해. 파파가 보낸 사람이 직접 가서 엄마한테 답장을 받아 오지 않는 한 불가능해. 엄마가 물어도 그 사람이 내가 있는 곳을 말해 줄 수 없거든. 나도 엄마가 아는 거 원하지 않아."

내가 대답했다.

카테카니는 걱정스런 표정을 지었다. 하지만 그 걱정이 나와 우리 엄마 때문인지 아니면 음식 양동이와 차를 담은 병이 신경 쓰여 그런지는 알 수 없었다.

"헛간에 있는 애 말이야."

나는 한 번에 다 들고 갈 수 있도록 병들을 커다란 체크무늬 가방에 넣었다. 내가 병을 넣기 시작할 때 카테카니가 다시 말했다.

"모잠비크 애. 다친 애 친구 말이야."

"타이바 나카?"

"그래."

"걔 원래 좀 특이해."

"나한테 계속 질문을 하더라."

카테카니가 말했다.

"걔는 원래 그래. 나한테도 허구한 날 질문이야."

"자기들이 왜 갇혀 있는지 묻던데? 어떻게 대답해야 할지 모르겠더라."

카테카니는 내가 음식을 다 받아들자 다른 지팡이로 손을 뻗었다.

"내가 녀석한테 다시는 귀찮게 하지 말라고 할게."

"아냐, 귀찮아서가 아냐. 그냥… 차마 사실대로 말해 줄 수가 없었어. 애가 너무… 그걸 뭐라고 부를지 모르겠다. 희망에 넘친다고 할까? 나쁜 일만 있는 게 아니다, 모든 게 잘 풀릴 거다, 도와주는 사람이 있을 거다, 그래서 자기랑 친구가 집에 가게 될 거다, 이렇게 믿던데."

"미친놈이야."

"아냐, 난 좋았어. 난 걔가 맘에 들어. 걔 말대로 그게 다 사실이고, 그래서 언젠가는 나한테도 좋은 날이 올 것 같은 생각이 들어. 혹시 알아? 언젠가는 나한테도 아버지를 떠나서 내 인생을 꾸리고, 뭔가를 배우거나 일자리를 얻을 길이 열릴지?"

나는 어깨를 으쓱했다. 나는 알고 있었다. 카테카니가 이런 생각을 하는 것이 단지 타이바 때문만은 아니었다. 타이바가 오기 전부터 카테카니는 지금과 다른 삶을 꿈꿨다. 어떤 때 보면 그 꿈이 정말로 이루어질 걸로 믿는 듯했다. 어떻게 이루겠다는 건지는 모르지만.

나는 헛간으로 갔다. 가면서 타이바 생각을 했다. 사실 나는 아이들이 왜 갇혀 있어야 하냐는 타이바의 질문에 제대로 대답을 해 준 적이 없었다. 말 받아 줄 시간이 없는 척하며 녀석이 무슨 말만 하면 딱 잘라 버리거나, 파파가 다 이유가 있어서 그러는 거라는 식의 애매모호한 대답만 날려 주고 헛간을 나오곤 했다.

내가 왜 그랬을까. 희망이 무너졌을 때 녀석이 어떤 꼴이 될지, 그걸 보고 싶지 않아서?

나는 정말이지 심하게 물러 터졌다. 나는 마음먹었다. 이제는 녀석에게 쓰라린 현실을 깨닫게 해 줄 때였다.

아니나 다를까, 녀석이 내 이름을 불렀다.

"너희는 노예고 포로들이야. 그게 다야."

녀석의 입에서 내 이름이 나오기 무섭게 내가 딱 잘라 말했다.

"다른 리쿠르트 팀이 갱에서 올라올 때가 되잖아? 그러면 파파 마부소가 우리를 다시 갱에 내려보낼 거야."

이 소리를 듣고도 녀석은 의외로 침착했다. 다만 생각에 잠긴 표정이 됐다. 단박에 무너질 걸로 예상했는데 그렇지 않았다.

이윽고 녀석이 입을 열었다.

"레길레 형, 이런 생활이 언제까지 계속되는데?"

"네가 갱에서 죽거나 심하게 다쳐서 아무짝에도 쓸모가 없어질 때까지. 그러면 파파가 너를 내다 버릴 거야. 만약 네가 살아남으면, 지금 나를 써먹는 방법대로 너를 써먹겠지. 하지만 그걸 자유라고 생각하면 착각이야. 그때쯤이면 여길 떠나 다른 일을 할 수 없게 되니까."

"아니야."

녀석이 이번에는 두 번 생각하지 않고 냉큼 반박했다.

녀석의 눈이 어처구니없이 굳건한 믿음으로 빛났다. 녀석의 목소리는 결연하면서도 여전히 명랑했다.

"나랑 아이레스는 꼭 집에 가야 해. 레길레 형, 형이 우리 도와줄 거지? 난 알아. 형은 착한 사람이야. 형은 우리를 도와줄 거야."

"우리? 아이레스는 당분간 도망은커녕 걷지도 못할 것 같은데?"

나는 까칠하게 받았다.

"그럼 나 혼자라도 갈 거야. 아주 빨리 달려서 갈 거야. 산 아래 타운으로 경찰을 찾아가 말할 거야. 그러면 경찰이 와서 아이레스를 구하고 우리를 집에 보내 줄 거야."

생각만 해도 즐거운지 녀석의 목소리가 들떴다.

"안 그래도 내가 카테카니한테 그랬어. 너는 미친놈이라고. 내 말이 맞았어."

나는 소리 내어 웃었다. 일부러 잔인하게 비웃었다.

"파파와 신디케이트는 경찰에 친구들이 많아. 여기서 일어나는 일을 모른 척해 주는 대가로 돈을 받는 친구들이 경찰이라고."

"뭐, 경찰들이 모두 돈 받아? 아니야, 다른 많은 경찰들은 착해."

타이바는 어리둥절한 얼굴이었다.

"그럼 누가 착한 경찰이고 누가 나쁜 경찰인지 어떻게 알아낼 건데? 경찰이 무슨 딱지라도 붙이고 다닐 줄 알아?"

"그건 그래."

타이바는 잠시 생각에 잠겼다. 다른 아이들은 벌써부터 각자의 접시를 들고 음식을 받으러 내 앞으로 모여들기 시작했다. 타이바 녀석은 음식에는 관심도 없었다.

"그래, 레길레 형. 직접 스파이크·마포사를 찾는 게 낫겠어. 나는 스파이크를 믿어."

"진짜로 있지도 않는 사람을 어떻게 믿냐? 스파이크는 꾸며낸 인물이야. 어서 밥이나 받아."

타이바는 언제나처럼 접시 두 개를 내밀었다. 하나는 아이레스 거였다. 아이레스는 어디서 얻었는지 지팡이를 하나 가지고 있었다. 카테카니가 옛날에 쓰던 낡은 지팡이 중에 하나를 준 모양이었다. 녀석은 아직도 제대로 걷지 못했다. 아이레스가 다시 갱에서 일할 정도로 회복될까? 파파가 그렇게 생각할까? 나도 모르겠다. 지금 같아서는 지팡이 두 개만 있으면 카테카니가 아이레스보다도 잘 걸을

판이었다.

"스파이크는 진짜로 있는 사람이야, 레길레 형. 그거 확실해. 우리가 스파이크를 찾으면, 스파이크가 우리 소원을 들어줄 거야. 꼭 그럴 거야."

나는 양동이 안에 남은 음식을 커다란 숟가락으로 박박 긁어서 타이바가 내민 접시 두 개에 탁탁 담았다.

"넌 꼴통이야."

내가 말했다.

"아니야."

타이바가 말했다. 화났거나 대드는 목소리는 아니었다. 타이바는 그저 담담하게 부인했다.

"레길레 형, 스파이크를 왜 스파이크라고 불러? 그게 무슨 뜻이야?"

"그걸 내가 어떻게 알아? 그런 사람이 실제로 있었다 해도, 아주 옛날 일이라서 원래 이름은 없어졌거나 바뀌었을걸? 옛날 얘기란 게 원래 그런 거야. 사람마다 하는 얘기가 다 달라. 할 때마다 달라. 없던 걸 갖다 붙이기도 하고, 있는 걸 빼기도 하고."

타이바가 내 말을 제대로 듣고 있는 것 같지 않았다. 녀석은 방실대며 웃고만 있었다. 페이스맨에게 얻어터져 일그러진 입으로만 웃는 게 아니었다. 검은 눈동자로도 웃고 있었다.

녀석이 말했다.

"우리가 스파이크 만나면 그때 내가 물어볼래."

"그러든지."

나는 빈 양동이 안에 숟가락을 탁 떨어뜨리며 조롱을 날렸다.

"너희들 모두 다시 매트리스 위로 올라가."

아이들 대부분은 내 말이 떨어지기 전부터 이미 뒤로 물러나 음식을 먹고 있었다. 아이 하나는 벌써 후딱 먹어치우고 헛간 뒤쪽 칸막이 너머로 갔다. 칸막이 너머는 변소와 욕실이었다. 아이들은 거기서 먹은 그릇을 씻었다.

내가 빈 양동이와 가방을 들고 헛간을 나갈 때, 아이들이 헛간 문에서 멀찍이 떨어져 있도록 단속했다. 그게 마음 편했다. 내가 늘 이렇게 조심했던 건 아니다. 하지만 도망치겠다는 의지에 불타는 타이바가 있는 지금은 얘기가 달랐다. 녀석은 언제라도 나를 밀어젖히고 헛간 밖으로 내뺄 놈이었다.

도망갈 의지를 불태우는 것도 모자라 녀석은 나를 자기편으로 철석같이 믿고 있었다. 그래도 안심할 수 없었다. 카테카니에게도 아침 갖다줄 때 녀석을 조심하라고 일러둘 필요가 있었다.

타이바 말고는 도주를 시도할 아이가 없었다. 다른 아이들은 이 생활을 이미 자신의 운명으로 받아들였다.

타이바가 영 신경 쓰였다. 이런 대화를 주고받고 나면 항상 머릿속에 녀석의 목소리와 눈빛이 맴돌았다. 녀석의 목소리에 실린 소원 같은 믿음. 녀석의 초롱초롱 빛나는 눈.

나는 집에 들어가 양동이와 가방을 카테카니에게 돌려주고, 헛간 열쇠를 파파에게 넘겼다. 그리고 카테카니에게서 내 저녁을 받았다. 리쿠르트들의 것보다 훌륭했다. 카테카니와 파파가 먹는 것과 같은 음식이었다. 물론 확실하진 않았다. 두 사람과 함께 먹은 적이 한 번도 없었으니까. 나는 그저 가끔씩 차나 얻어 마실 따름이었다.

그런 건 문제 되지 않았다. 어차피 나는 내 방 밖 낮은 벤치에서 혼자 먹는 게 더 좋았다. 그 벤치는 헛간 뒤에 굴러다니는 널빤지 한 장과 묵직한 회색 벽돌 두 개로 내가 직접 만들어 놓은 것이다.

초저녁 공기가 부드러웠다. 이런 간절기에는 낮에도 밤에도 벌레가 울지 않는다. 대신 새들이 마지막 절규처럼 미친 듯이 울어 댄다. 지붕 위에 새 한 마리가 보였다. 저게 무슨 새더라? 새 이름을 알려면 카테카니가 필요했다. 새가 깃털 덮인 목을 세차게 꿀렁대며 필사적으로 목이 터져라 울어 댔다. 갱 속에서는 새들도 그립다.

카테카니가 집에서 나왔다. 내가 음식을 너무 오래 붙들고 있어서 설거지할 접시를 직접 받으러 나온 줄 알았다. 그런데 그게 아니라 나와 얘기를 하고 싶은 눈치였다.

나는 카테카니에게 벤치를 양보했다. 카테카니는 지팡이 두 개를 요령 있게 움직여서 몸을 굽혀 벤치에 앉았다. 나는 카테카니 앞에 쭈그리고 앉았다.

"내가 타이바한테 사실대로 말해 줬어. 갇혀 있는 이유 말이야."

내가 먼저 말을 꺼냈다.

"걔가 말하는 사람이 누구야? 스파이크 마포사라고 하던데?"

카테카니가 물었다.

"녀석이 너한테 그런 얘기까지 했어? 둘이 꽤 길게 얘기했구나. 그새 친구라도 됐어?"

의외였다.

"말했잖아. 나는 그 꼬마가 맘에 든다고."

"그 녀석, 스파이크 마포사 타령하다가 언젠가 크게 혼쭐날 날이 올 거야. 자기랑 아이레스에게 도움의 손길이 미칠 거라 생각해. 그 녀석과 친한 애 이름이 아이레스야. 그렇게 끈질기게 희망에 빠져 있기도 힘들어."

"어떤 때는 그게 유일한 버팀목일지 몰라. 글쎄… 매일 눈뜨면 똑같은 날이지만, 포기하지 않고 계속 앞을 바라보며 내일을 생각하게 만드는 거."

카테카니는 나를 물끄러미 쳐다볼 뿐 잠시 말이 없었다. 그러다 물었다.

"스파이크 마포사 얘기란 게 뭐야?"

"광산 얘기야. 신화 같은 거. 그런 사람이 정말 있었을 수도 있고, 아닐 수도 있어. 남아공 사람인데, 아이였을 때 광산에 팔려 와서 자마자마가 됐고, 탈출해서 나쁜 사람들을 감옥에 보냈대. 지금은 미술가가 됐고, 이런 일들에… 그러니까 신디케이트, 불법 채굴, 인신매매 등등을 없애는 일에 평생을 바치고 있다나? 아마 사실이 아닐 거야."

"너는 어때? 그 얘기가 사실이었으면 좋겠어?"

카테카니가 물었다.

익숙한 질문이 아니었다. 여기 온 뒤로 남이 내 느낌을 물은 적은 이번이 처음이다. 내 느낌을 묻는 사람이 없는 것은 좋은 일이었다. 어떤 느낌도 갖지 않는 데 익숙해질 수 있었으니까.

"그러면야 좋겠지."

나는 무심코 대답했다. 그랬다가 목소리에서 감정을 걷어 내고 서둘러 덧붙였다.

"다른 애들한테 좋겠다고. 리쿠르트들 말야. 나한테는 너무 늦었어."

"왜?"

나는 한쪽 어깨를 씰룩했다. 이 얘기는 이쯤에서 접고 싶었다.

"알잖아. 나야 이미 자유니까."

카테카니가 입술을 삐죽 내밀며 내게 인상을 썼다. 내 말을 믿지 않는 표정이었다. 하기야 믿으면 그게 더 이상한 일이었다. 내가 가진 자유는 '타이바 같은 리쿠르트들의 삶에 비하면'이라는 단서가 붙어 있는 자유였다.

하지만 카테카니는 얼굴만 찡그리고 토는 달지 않았다. 대신 이렇게 물었다.

"레길레, 날마다 돌아다니는 거 이제 끝났어?"

"왜, 타운에 가려고?"

"우리 전에 했던 거 또 하자. 돈도 벌고 좋잖아, 응?"

"좋아, 내일 가자."

내가 동의했다.

"내가 리쿠르트들 아침을 내간 다음에 출발하자. 고마워, 레길레."

카테카니가 내게 미소 지었다.

"그게 뭐라고."

고맙다는 말을 듣는 것도 어색하고 불편했다.

"뭐긴, 나를 도와주는 거지."

카테카니가 우겼다.

"아버지는 먹거리를 사러 가야 할 때만 트럭을 얻어 타고 타운에 가게 해 줘. 그리고 다른 리쿠르트 반장은 내 꼴이 이래서 나를 쳐다 보지도 않아."

카테카니가 막대기처럼 쪼그라든 자신의 허벅지를 만졌다.

"어쩌다 그렇게 된 거야?"

먼저 말을 꺼낸 게 카테카니니까 물어봐도 될 것 같았다. 전에는 한 번도 물어본 적이 없었다.

"아기 때 무슨 병인가에 걸려서 이렇게 됐대. 어렸을 때라 나는 기억 안 나. 엄마가 돌아가셨을 때 아버지가 그랬어. 나를 데려갈 사람은 아무도 없을 거라고. 일꾼으로도 아내로도 데려가지 않을 거라고. 지팡이 없이는 걷지도 못하는 애를 데려다 뭐에 쓰겠냐고. 그래서 집에 남아서 밥하고 청소하게 된 거야. 보내 주지 않아서 학교도 오래 못 다녔어."

카테카니가 잠시 말을 멈췄다. 카테카니의 얼굴에 떠오른 담담하고 결연한 표정이 타이바를 떠올리게 했다.

"하지만 언젠가는 멀리 떠나서 내 삶을 살 거야. 꼭 그렇게 할 거야."

그래서 돈을 벌려고 하는구나. 카테카니는 언젠가 자기만의 삶을 찾아 떠날 때를 대비해서 돈을 모았던 것이다.

나는 전부터 카테카니와 함께 바버톤에 다니곤 했다. 카테카니는 일단 타운에 도착하면 꽤 능숙하게 걸어 다녔다. 하지만 산을 내려가는 길은 가파르고 힘들었다. 우리는 타운에서 관광객에게 받는 팁을 반씩 나눠 가졌다. 카테카니는 그날 번 돈으로 타운에서 물건을 사기도 했다. 그럴 때면 카테카니는 내 도움을 필요로 했다. 지팡이 때문에 남는 손이 없어서 내가 짐을 들어 줘야 했다.

나도 따로 돈이 생기면 나쁠 게 없었다. 비누 같은 걸 살 수 있으니까. 운 좋은 날은 새 셔츠와 반바지도 샀다. 물론 스와질란드의 엄마와 동생들에게 보내는 돈은 한 푼도 건드리지 않았다.

7

바버톤은 분지라서 덥다. 산이 타운을 꽁꽁 둘러싸고 있다. 이 아래서는 산에 뚫린 상처들, 즉 오래된 광산 입구들이 보이지 않는다. 금에 눈이 멀어서 산의 배 속을 파 들어가는 인간들이 존재한 적 없었다는 듯, 여기서 보는 산들은 그저 푸르고 평화로울 뿐이다.

관광객한테는 나도 부담 없이 접근했다. 관광객은 자기들이 보고 싶고 하고 싶은 것에만 관심을 보였다. 내가 어디 출신인지, 내가 합법적인 체류자인지는 관심 없었다.

헤리티지 워크(도보로 특정 지역의 문화적, 역사적 가치가 있는 장소들을 답사하는 관광)를 하는 관광객에겐 카테카나나 내가 필요 없었다. 그런 사람들은 관광 안내소에서 팸플릿과 지도만 얻으면 그만이었다. 나도 접이식 음푸말랑가 지도를 거기서 얻었다.

세차해 줄 사람을 찾는 관광객도 우리 몫이 아니었다. 이미 그 일을 노리고 날마다 옛날 증권거래소 앞에 죽치고 있는 사람들이 여럿이었다. 우리가 끼려고 들면 득달같이 몰아낼 게 뻔했다. 하긴 그런 텃세가 없다 해도 카테카니가 그 몸으로 어떻게 세차를 하겠는가.

우리는 바버톤 타운 외곽으로 가서 라이머스 크릭(바버톤의 역사적 지구. 최초로 금이 발견된 곳이다. 당시의 광산과 화차 루트 등, 초창기 광산업 유적지가 모여 있고, 주변에 당시 유지들이 살았던 집들이 많다) 근처 펀리 하우스(바버톤의 유서 깊은 주택 중 하나로, 1890년대 초에 지어졌으며, 현재는 라이머스 크릭 일대를 소개하는 전시관으로 사용되고 있다) 같은 관광 명소에서 조용히 기다렸다. 그러면 관광객이 차를 몰고 왔다. 도보로 답사 중인 관광객이 지나가기도 했다. 우리는 그런 사람들을 따라갔다. 근처에 비비원숭이가 있으면 조심하라고 하면서 쫓아 주겠다고 했다. 나는 양손에 커다란 돌멩이를 들고 원숭이를 위협했고, 카테카니는 소리를 지르며 나무 지팡이를 두들겨 댔다.

하지만 우리가 주로 하는 일은 관광객에게 그 일대 관목 숲에서 볼 수 있는 새들을 찾아내서 이름을 알려 주는 일이었다. 내가 갱에서 나오면 카테카니가 그때마다 새들의 이름을 새로 가르쳐 주었다. 나는 어둠 속으로 들어가면 새들의 이름을 잊었다. 하지만 가끔씩 머릿속에서 새들을 보기는 했다. 보지 않으려 하는데도 보였다. 새들만이 아니었다. 땅속에 있을 때는 지상의 아름다운 것들을 생각하지 않으려 애썼다. 빛과 시원함과 여자애들과 엄마. 모두 나를 나약하게 하는 것들이었다.

나리나 트로곤, 자주부채머리 투라코, 왕관독수리. 카테카니가 타운으로 내려가는 길에 내 기억을 되살려 주었다. 우리가 가진 상술이라고는 비비원숭이 퇴치밖에 없었을 때, 어떤 관광객이 우리를 놀리면서 우리에게 새를 보여 준 적이 있었다. 그 관광객에게 처음으로 새 이름을 배웠다. 이제는 우리가 같은 새를 다른 관광객에게 보여 주었다. 카테카니는 지팡이로 땅을 두들기며 원숭이들을 겁줄 때를 빼면 놀랄 만큼 조용조용 걸었다. 우리가 협곡을 따라 관목 숲을 누비며 관광객을 안내할 때도, 지팡이 소리로 새들을 놀라게 하거나 날아가게 하는 법이 없었다. 평생 지팡이로 걸었으니 그럴 만도 했다.

어떤 사람은 그냥 팁만 주었다. 하지만 가끔은 특별한 새를 보게 해 주었다고 후하게 사례하는 사람들도 있었다. 펀리 하우스에는 관심 없고, 라이머스 크릭의 조류 탐사가 목적인 사람들이었다. 그런 사람들은 쌍안경을 목에 걸고, 체크리스트가 딸린 조류 책자를 들고 왔다. 사람들은 새 구경에도 탐욕적이었다. 특정 새를 서로 먼저 포착하려고 경쟁했고, 실패하면 아이들처럼 골을 내거나 삐치기도 했다.

첫날 우리는 운이 좋아서 팁을 꽤 벌었다.

"레길레, 이것 좀 봐!"

카테카니가 말했다. 우리는 집을 향해 다시 산을 올랐다. 카테카니가 두 지팡이로 땅을 짚고 몸을 들어 올릴 때마다 막대기처럼 쪼그라든 다리가 지팡이 사이에서 그네처럼 흔들렸다.

"내 말이 맞잖아. 타이바 말이 맞잖아. 좋은 일도 생기는 법이야."

"오늘은 왜 아무것도 안 샀어?"

내가 물었다.

"돈이 충분히 모일 때까지 기다리려고."

"뭘 살 건데?"

카테카니가 갑자기 수줍어했다.

"그때까지 말 안 할래."

나는 어깨만 한 번 들썩이고 말았다.

"더 빨리 걸을 수 있겠어? 작년에 우리가 한번 늦었다고 너희 아버지가 얼마나 난리쳤는지 기억나지?"

"노력할게. 그런데 너는 돈 모아서 사고 싶은 거 없어?"

지난번 갱에서 나왔을 때, 하지만 이번처럼 집에 갈 수 없었을 때 나는 고무 샌들을 샀다. 다시 갱에 들어갈 때 그 샌들을 가지고 갔는데 얼마 못 가 없어졌다. 없어졌거나 어느 놈이 훔쳐 갔다. 내 발바닥은 굳은살로 전체가 다 딱딱해져서 더는 사람 피부 같지도 않았다. 언젠가 신디케이트가 나를 직접 고용하는 날이 오면, 페이스맨처럼 제대로 된 광부용 부츠를 신어야지.

"그냥 자잘하게 필요한 거. 비누 같은 뭐 그런 거."

나는 모호하게 말했다.

그리고 데오도런트(몸에 뿌리거나 발라서 땀 냄새처럼 불쾌한 냄새를 없애는 데 쓰는 화장품). 나는 속으로만 덧붙였다. 소리 내서 말하기에는 좀 민망했다. 갱 밖에 있을 때를 위해서 여자 친구를 만들고 싶었다. 하지만 그러려면 일단 깨끗이 씻고 좋은 냄새부터 풍겨야 했다.

타운에 내려간 둘째 날은 한 푼도 못 벌고 공쳤다. 셋째 날부터는 며칠간 매일 조금씩 벌었다. 그리고 주말이 왔다. 펀리 하우스는 주말에 문을 닫지만, 건물 외관을 구경하고 도보로 근처를 구경하는 방문객들로 붐볐다. 덕분에 우리도 일이 잘 풀렸다.

간혹 카테카니를 보고 단지 불구라는 이유로 돈을 주는 사람도 있었다. 그러면 카테카니는 돈을 받았다. 하지만 그럴 때마다 얼굴이 어두워졌다. 나도 덩달아 기분이 나빠졌다.

"하루 종일 뭐 해, 레길레 형?"

일요일 저녁에 타이바가 물었다.

"일해서 돈 벌어."

"우리가 여기서 도망갈 때를 위해서? 우리를 위해서 계획 세우고 있어?"

타이바의 얼굴이 밝아졌다.

나는 별말 없이 고개만 저었다.

"아니."

"형은 좋은 계획을 생각해 낼 거야."

110

녀석이 말했다. 그리고 녀석은 자기 말을 믿었다.

그다음 주말도 벌이가 괜찮았다. 카테카니가 말했다.
"이제 돈이 충분해진 것 같아. 내일은 돈을 다 가져올래. 일을 일찍 끝내고 물건 사러 갈 거야. 네가 도와주면… 물건을 집까지 들어 줄래, 레길레? 무거울까 봐 그래. 많이 무거울 것 같지는 않지만."

월요일은 으레 공치는 날이었다. 그런데 운 좋게 비비원숭이에 겁먹은 젊은 엄마를 만났다. 어린 자녀들을 데리고 있어서 더 그랬다. 사실 비비원숭이는 지나가는 사람들에게 관심 없다. 그냥 빈둥대거나 놀거나 먹거나 서로 털을 다듬어 주거나 자기 새끼들을 돌볼 뿐이다.

다음에는 젊은 커플을 만났다. 지극히 평범한 새한테도 환호하는 걸 보니 조류 탐사가 처음인 티가 팍팍 났다. 커플이 팁을 두둑이 주었다.

"저녁 지을 시간에 늦지 않으려면 이제 그만하고 물건 사러 가야 해."

내가 말했다.

나는 타운 중심으로 들어가는 것이 조심스러웠다. 하지만 다행히 우리에게 눈길을 주는 사람은 별로 없었다. 어떤 사람은 카테카니를 보고도 못 본 척했다. 우리 옆을 지나가던 어떤 여자가 코를 킁킁대며 나를 향해 불쾌한 표정을 지었다. 한낮 더위에 계속 돌아다녔으니 몸에서 냄새가 많이 날 만도 했다. 저번에 비누와 치약은 샀지만 데오도런트는 사지 않았다.

우리는 노천 카페를 통과하는 지름길을 택했다. 한 테이블에 양복 차림의 남자 둘이 앉아 있었다. 그중에 한 명이 낯이 익어서 순간 흠칫했다. 그러다 문득 어디서 본 사람인지 기억이 났다. 리쿠르트들의 저녁을 받으러 파파 집에 갔을 때, 거기 있던 신문에서 봤던 사람이었다.

그 사람은 넬스프루트 시에 있는 음푸말랑가 주정부의 고위 당국자였다. 신문에 그렇게 쓰여 있었다. 나는 학교에서 배운 걸 다 까먹을까 봐 신문이 눈에 띌 때마다 조금씩이라도 읽었다.

카테카니는 색다른 가게로 걸어갔다. 집 안팎에서 쓰는 각종 물건을 파는 가게였다. 호스 다발과 갈퀴와 삽들이 벽 하나를 차지하고 걸려 있었다. 그 앞 상자에는 찬장에 붙이는 고리와 그림을 벽에 거는 데 쓰는 물건들로 가득했다. 조화를 꽂아 놓은 양동이, 색색의 작은 돌을 담은 자루, 모자이크 세트, 화분 들도 있었다.

카테카니는 앞장서서 들어가더니 페인트가 있는 곳으로 갔다. 파파의 집을 칠할 페인트를 사려나? 그런데 카테카니는 아주 작은 용기에 담긴 페인트에만 관심을 보였다. 장난감처럼 앙증맞은 페인트 통들. 어디에 쓰는 페인트인지 알 수 없었다. 정말로 장난감을 칠하는 데 쓰는 걸까? 아니면 화분에 그림 그리는 데? 방금 가게에서 분홍색과 자주색 꽃이 그려진 화분을 보았다.

카테카니는 빨간색과 노란색을 골랐다. 그리고 초록색과 파란색 사이에서 갈등했다. 카테카니는 한참을 망설였다. 페인트는 크기에 비해 가격이 비쌌다. 네 개를 다 사기에는 돈이 모자라는 눈치였다.

"다 사면 붓을 살 돈이 없어."

카테카니는 손 대신 눈으로 물건을 가리키는 재주가 뛰어났다. 카테카니가 가리키는 곳에 붓이 가득 꽂힌 병이 보였다. 아하! 나는 그제야 생각났다. 학교에 들어간 첫해에 나도 저런 붓을 썼다. 1학년 때는 선생님들이 글자와 숫자를 가르치는 틈틈이 색칠하기와 그림 그리기도 많이 시켰다.

카테카니가 네 가지 색을 모두 살 수 있도록 내 돈을 보태 줄까 하는 생각이 들었다. 하지만 그랬다가 카테카니가 행인들이 불구자라는 이유로 돈을 줄 때 같은 얼굴이 될까 봐 엄두가 나지 않았다.

"그래, 초록색을 사야겠어."

카테카니가 드디어 결정을 내렸다.

나는 왠지 카테카니가 초록색을 고른 것이 기뻤다. 초록색은 내가 땅속에 있을 때 항상 생각하는, 아니 너무 많이 생각하지 않으려고 애쓰는 색 중 하나였다. 나무마다 풀마다 모두 다른 가지각색의 초록색들.

나는 이미 들고 있던 빨간색과 노란색 페인트에 이어서 초록색 페인트도 집어 들었다. 그리고 카테카니가 고를 수 있게 붓들을 들어 주었다. 카테카니는 붓을 세 개 골랐다. 아주 가는 붓 하나와 조금

두꺼운 붓 두 개.

"붓 빠는 통도 필요하잖아."

내가 말했다.

"아니, 돈이 그만큼 안 돼. 어차피 한 번만 쓸 거야. 그리고 후딱 끝낼 거야."

카테카니가 설명했다.

"뭘 그릴 건데?"

"다 그리면 보여 줄 거니까 기다려."

카테카니 눈이 반짝거렸다. 입가에도 살짝 미소가 어렸다. 그래서 인지 갑자기 카테카니가 예뻐 보였다. 나는 전부터 가끔씩, 여자애가 나한테 장난을 걸면 어떤 기분일까 하는 생각을 했다. 여자애가 말해 줄 듯 말 듯 비밀을 내비치면서 궁금하게 만들 때의 기분.

지금 그 일이 실제로 일어나고 있었다. 그런데 어떻게 반응해야 할지 난감했다. 무슨 말을 해야 할지, 어떻게 행동해야 할지. 여차해서 바보짓이 되면 어쩌지? 더구나 나는 여느 열여덟 살짜리 남자애가 여자애 앞에서 어떻게 웃고 까부는지 몰랐다. 까부는 쪽이 주로 남자애들이었던 초등학교 운동장 시절 이후로는 그런 걸 한 번도 본 적도, 한 적도 없으니까.

"돈을 유용한 데다 써야지."

내가 말했다. 내 입에서 타이바의 소원 같기도 하고 희망 같기도 한 믿음을 막는 데 쓰던 말투가 나왔다.

카테카니는 그저 나를 처다볼 뿐, 아무 말도 하지 않았다. 하지만 기분 나쁘거나 화난 얼굴은 아니었다. 그보다는 내가 모르는 것을 혼자 알고 있는 얼굴이었다.

나는 그 얼굴 앞에서 민망한 기분이 들었다. 또다시 무슨 말을 해야 할지 난처한 순간이 흘렀다.

계산대 여자가 페인트와 붓을 얇은 비닐 봉지에 담아 주었다. 나는 전에 카테카니가 산 물건들을 들어 주었던 것처럼, 이번에도 비닐 봉지를 파파의 집까지 들고 가 줄 참이었다.

"아냐, 나한테 줘."

카테카니가 말했다. 그러면서 지팡이를 잡은 오른손의 손가락 두 개를 폈다.

"봉지를 내 손에 끼워 줘. 가벼워서 내가 들고 갈 수 있어."

나는 시키는 대로 했다. 뭔지 몰라도 이 일이 카테카니에게 중요한 일이라는 느낌이 왔다. 지금 카테카니 얼굴은 들떠 있었다. 오랫동안 꿈꿨던 것에 한 걸음 다가선 얼굴.

집에 다다르자 카테카니는 우리가 늘 헤어지던 지점에서 걸음을 멈췄다. 카테카니는 집으로, 나는 내 방으로 갈라지는 지점.

"레길레, 부티?"

카테카니가 언덕을 올라오느라 숨이 찼는지, 양쪽에 지팡이를 짚은 채 몸을 숙이고 숨을 돌렸다.

"이것들을 네 방에다 맡아 줄래? 아버지가 보면 좀 그렇거든. 오늘

밤만 부탁해. 내일 쓸 거야. 내일은 너랑 타운에 못 가."

"알았어."

나는 대답했다. 카테카니가 페인트로 뭘 하려는 건지 점점 더 궁금해졌다.

"네가 언제라도 와서 가져갈 수 있는 곳에 둘게."

내 방에 자물쇠가 채워져 있지 않았다. 그리고 파파는 내 방에 얼씬도 하지 않았다.

"고마워, 레길레. 타이바라는 애의 말이 맞았어. 너는 착한 사람이야."

이 말에 불쑥 화가 났다. 나는 안 착하다. 나는 남을 위해서 뭔가를 한 적이 없다. 한 번도 없다. 타이바를 위해서도, 카테카니를 위해서도.

얼마 후 리쿠르트들의 저녁을 들고 헛간에 갔을 때, 나는 타이바를 새삼 살펴봤다. 나는 착한 게 뭔지 몰랐다. 그런 걸 생각하면서 살지 않았다. 하지만 녀석이 착한 놈이라는 생각은 들었다. 아이레스에게 화가 미칠까 봐 자청해서 페이스맨의 매를 맞은 놈. 그건 좋은 친구가 하는 행동이었다. 심지어 영웅적인 행동이었다.

아니다, 타이바처럼 허무맹랑한 낙천주의로 가득한 철부지 꼬마가 영웅은 무슨 영웅. 세상에 영웅은 없다.

타이바 녀석이 내가 자기를 쳐다보는 것을 발견하고 해죽 웃었다.

"왜, 레길레 형? 우리가 도망갈 좋은 계획이 있어?"

"없어…."

"우리 오늘 훈련했어. 어른들이 왔어. 그래서 나는 우리가 도망갈 길을 열심히 봤어. 여기서 내려갈 길. 하지만 봐도 잘 모르겠어."

녀석이 말을 멈췄다. 비록 찰나였지만 알지 못할 슬픔이 녀석의 얼굴을 스쳐갔다. 심지어 녀석의 어깨까지 끄집어 내렸다.

"아이레스는 멀리 못 걸어. 우리는 아이레스를 두고 가야 해. 어쩔 수 없어. 하지만 괜찮을 거야. 우리가 스파이크 찾아서 다시 오면 돼…. 스파이크가 아이레스랑 다른 애들을 모두 구해 줄 거야."

"너 말이야, 계속 우리라고 하는데 나를 어디에 갖다 끼우는 거야? 같잖은 생각 집어치워."

나는 딱딱거렸다.

"제발, 레길레 형?"

녀석이 또다시 간절하고 다급하게 빌기 시작했다.

"형, 도와줘. 형이 도와주면 다 잘될 거야. 나는 알아. 형은 힘세. 형은 많이 알아…. 형이 그랬지? 어떤 경찰은 파파의 친구라고? 그러니까 우리가 경찰 말고 스파이크를 찾자. 스파이크는 착한 경찰들을 알 거야."

"스파이크는 존재하지 않아."

"형이 바버톤 타운에 가잖아? 거기에 돈 벌러 갈 때, 사람들한테 물어봐 줘…. '스파이크, 어디 있어요?' 하고."

"밥이나 받아."

내가 말했다.

갑자기 피곤해졌다. 아니, 무력감이 몰려왔다. 이 녀석이 미친 믿음으로 나를 계속 두들겨 패는 것 같았다. 이 매질이 내 기력을 모조리 빼앗아 갔다.

녀석이 내 머릿속에다 자기 생각을 주입하는 꼴이었다. 이제는 내 머릿속에 그림까지 그려졌다. 우리 둘이 타이바와 내가 이곳을 벗어나 언덕을 급히 내려가는 그림. 광산에서 멀리멀리 달아나는 그림. 달아나서 숨는 그림.

이제는 내 뇌까지 물러졌나 보다. 어떻게 하면 나를 강인한 남자로 만들 수 있을까. 머릿속에 생각이 너무 많아서 잠이 오지 않았다.

아침이 왔다. 나는 그동안 모은 돈을 챙겨 들고 바버톤을 향해 걸었다. 카테카니가 없으니 하산 시간이 훨씬 덜 걸렸다.

데오도런트를 사는 일은 만만치 않았다. 종류가 너무 많았은 데다가 이름들이 무척 어려웠다. 향이 좋다는 건지, 어떤 향이 난다는 건지 이름만 보고는 전혀 알 길이 없었다. 스프레이도 있고, 립스틱처럼 생긴 것도 있고, 커다란 볼펜처럼 생겨서 돌려 가며 바르는 것도 있었다. 처음에는 내가 보고 있는 것들이 남자용이 맞는지조차 헷갈렸다.

나는 데오도런트와 함께 콜라도 한 병 샀다. 그리고 켈라 공원으로 가서 벤치에 앉았다. 나는 셔츠를 들어 올리고 겨드랑이에 데오도런트를 뿌렸다. 그리고 오늘 여자애를 만날 수 있기를 바라면서 콜라를 아주 천천히 마셨다.

하지만 여자애라고는 한 명도 안 보였다. 어린애들은 모두 학교에 있고, 큰 애들은 모두 일터에 있으려나? 공원에는 나와 있는 사람들이 몇 명 없었다. 남자 여자 다 합쳐 네 명이었는데, 그중에 나를 의식하는 사람은 없었다. 하긴 평일 오전 시간에 나와 있는 걸 보면 남 생각할 처지가 아닌 사람들이었다. 실직자들일 가능성이 높았다. 여자 한 명은 자고 있고, 남자 하나는 플라스틱 병에 든 맥주를 마시고 있고, 나머지는 그저 멀뚱멀뚱 앉아 있었다. 나는 눈앞에 둥근 병풍처럼 이어진 산들을 바라보았다. 주말에는 패러글라이딩 하는 사람들로 알록달록하지만, 오늘은 한산했다.

와일드 프런티어 지역이나 헤맬 걸 그랬다는 후회가 들기 시작했다. 아니면 R38번 도로를 따라 걷거나. 나리나 트로곤이나 투라코가 많이 날아드는 완만한 골짜기로 새 구경을 갈 관광객을 찾아볼까 하는 생각도 해 보았다. 하지만 결국은 그냥 파파의 집으로 향했다.

나는 평소보다 이른 시간에 도착했다. 카테카니가 저녁 준비로 바쁘기 전이었다. 카테카니가 내 방 밖 벤치에 앉아 있는 것이 보였다. 벤치에 가까이 다가가자 카테카니가 하고 있는 일도 보였다. 그보다 카테카니가 해 놓은 것이 보였다. 나는 갑자기 숨이 탁 막혔다. 그리고 잠깐 동안 세상이 멈췄다.

카테카니는 지팡이에 그림을 그리고 있었다. 지팡이 두 개를 빨간색과 노란색의 작은 꽃들로 장식하고 있었다. 꽃들 사이로 잎이 달린 초록색 덩굴이 굽이굽이 올라갔다. 벌써 다 칠한 지팡이는 벤치에 기대 놓았다. 다른 하나도 거의 다 끝나 갔다. 벤치에 지팡이 한 쌍이 더 있었다. 아이레스에게 준 지팡이처럼 낡고 울퉁불퉁했다. 페인트가 마르는 동안 임시로 쓸 지팡이인 듯했다.

카테카니가 나를 올려다보았다. 꿈에서 부스스 깨어나는 얼굴이었다. 떠나기 싫은 꿈.

"내 지팡이들 어때 보여?"

카테카니가 나른한 목소리로 느릿느릿 물었다.

"근사하다. 예뻐."

내가 말했다. 그러면서 속으로 카테카니야말로 정말 예뻐 보인다고 생각했다.

"그런데 왜 이렇게 한 거야?"

카테카니는 두 번째 지팡이를 벤치에 조심조심 기대 놓았다.

"그냥… 뭔가 멋진 걸 갖고 싶었어. 아름다운 거. 내가 여기를 떠나서 다른 삶을 살 때를 위해서. 여기보다 나은 삶. 레길레, 나는 평생 지팡이를 못 벗어날 거야. 하지만 그렇다고 평생 못난 꼴로 살란 법은 없잖아."

"너, 못나지 않았어."

내가 빙충맞게 말했다. 내가 들어도 어설프기 짝이 없었다. 얼굴이 화끈화끈거렸다. 하지만 카테카니가 내게 미소 짓는 걸 보니, 적절

한 말인 건 확실했다.

　미소 때문인지 카테카니가 아까보다도 더 예뻐 보였다. 턱에 초록색 페인트가 묻은 것은 아무런 문제도 되지 않았다.

　하지만 어제 저녁 타이바의 말을 들으며 느꼈던 무력감이 다시 나를 덮쳤다. 카테카니와 타이바가 나를 내가 아닌 인간으로 바꿔 놓으려고 합동 작전을 벌이는 것 같았다.

8

　카테카니는 지팡이가 충분히 마를 때까지 꼬박 이틀을 기다렸다. 그러는 동안 타운에 내려가지 않았다. 그래서 나는 혼자 헤매고 다녔다. 헤매지 않을 때는 그늘을 찾아 누워서 흔들리는 나뭇잎을 쳐다봤다. 어떤 면에서 나는 다시 갱에 내려갈 때를 대비해 마음을 다잡는 중이었다. 하지만 다른 면에서는 나를 약하게 만드는 짓이기도 했다. 이러다간 다시 어둠에 갇혔을 때 나뭇잎의 움직임과 나뭇잎이 내는 소리와 나무 그늘이 만드는 무늬가 내 머리를 온통 채울 것 같았다.

　둘째 날 리쿠르트들의 저녁을 받으러 갔더니 카테카니가 색칠한 지팡이를 쓰고 있었다. 칙칙한 밤색 일색인 집 안에서 지팡이만 화사하기 그지없었다. 카테카니의 어두운 색 옷 때문에 지팡이가 더 튀어 보였다.

"파파가 지팡이 보고 뭐래?"

나는 작은 목소리로 재빨리 물었다. 옆방에서 파파의 인기척이 들렸다.

"아무 말 안 해. 쳐다보고 이런 소리만 냈어."

카테카니가 목구멍에서 코로 이어지는 이상한 소리를 냈다. 나도 모르게 웃음이 났다.

"아버지는 내가 뭘 잘못했을 때만 관심을 보여."

"너한테 왜 그렇게 매정해? 딸이잖아?"

"누구한테나 그래. 이유는 나도 몰라."

카테카니가 한숨을 내쉬었다. 그리고 말을 이었다.

"내 생각에는… 실망감 때문인 것 같아. 아버지는 젊었을 때 광산에서 정식 광부로 일했어. 그런데 광산이 폐쇄되고 모두 해고당했어. 그리고 바로 그 주에 누군가 아버지가 모은 돈을 훔쳐 갔어. 아예 은행 계좌에서 털어 갔어. 아버지 말로는, 올바르게 사는 것은 물러 터진 바보나 하는 짓이래."

그때 파파가 방에서 나왔다. 좀 더 얼쩡대면서 탁자에 있는 신문이나 들여다볼까 했는데 그 기회가 날아갔다. 얼핏 보니 지난주 신문이었다. 공짜로 주는 얇은 바버톤 신문이 아니라 돈 주고 사는 두 툼한 넬스프루트 신문이었다.

"우리 오늘 훈련했어."

헛간에 들어가자 타이바가 내게 말했다.

"아이레스는 훈련 못했어. 멀쩡한 우리도 힘들어. 그래도 좋아, 레길레 형. 우리가 스파이크를 찾으러 갈 때를 대비해서 힘을 기르는 거니까."

나는 아무 대꾸도 하지 않았다. 헛간 문을 잠그고 열쇠를 파파에게 돌려준 다음, 저녁을 받아 들고 내 방 밖에 앉았다. 새 소리를 들으며 먹고 있을 때, 카테카니가 집에서 나와 내 쪽으로 오는 게 보였다. 카테카니는 오른손에 신문을 들고 있었다. 지팡이를 쥐고 있어서 신문이 펄럭였다. 알록달록한 지팡이 때문에 신문이 더 눈에 띄었다.

내가 아까 신문을 힐끔대는 걸 카테카니가 보았나 보다. 처음에는 그렇게 생각했다. 하지만 알고 보니 본인이 궁금한 신문 기사가 있어서 읽어 달라고 가져온 거였다.

"나는 읽는 데 자신이 없어. 아버지가 학교에 보내 주지 않아서. 집안일 하면서부터는 학교에 못 다녔어."

카테카니가 말했다.

내가 비켜 주자 카테카니는 벤치에 앉았다.

"나도 그리 잘 읽는 편은 아냐."

내가 말했다.

"신문에 그 이름이 났어. 보여?"

카테카니가 말했다. 그러고 보니 카테카니는 왠지 들뜬 기색이었다.

"여기, 레길레."

카테카니가 신문에서 사진 하나를 가리켰다. 나는 카테카니 옆에 쭈그리고 앉아서 저녁 어스름에 신문을 들여다봤다. 남자의 사진이었다. 늙지도 젊지도 않은 남자였다. 붉은색 티셔츠 아래로 억센 팔 근육이 보였다. 남자 주위에는 그림들이 있었다. 그림에는 검정색과 회색과 붉은색과 주황색이 가득했다. 그런데 물감 위에 다른 것들도 붙어 있었다. 깨진 돌 조각들, 가시철망 조각들, 돌돌 말린 대팻밥. 사진 속 그림에서 알지 못할 분노가 느껴졌다. 하지만 남자는 차분하고 강인한 인상이었다.

"타이바가 맨날 말하는 남자랑 같은 사람이지?"

카테카니가 속삭였다.

나는 사진 밑의 글을 보았다. '스파이크 마포사. 카보퀘니에 있는 자택 작업실에서.'

심장이 쿵쿵 뛰었다. 머릿속에서 무슨 일이 벌어진 게 틀림없었다. 신문이 제대로 읽어지지 않았다. 낱말과 문장들이 나에게 두서없이 달려들었다. 불법 채굴, 자마자마, 아동 인신매매, 강제 노동, 비인간적 실태. 무슨 말인지 모르는 말들도 있었다. 인면수심, 척결 운동, 기금, 재단. 머리가 뜨거워지고 마음이 다급해졌다. 심장이 쿵쿵대서 눈이 문장을 끝까지 따라가기가 힘들 정도였다.

나는 눈을 들어 카테카니를 보았다.

"진짜였네."

"카보퀘니에 산대."

"지도에서 봤던 데야."

"이제 어떻게 할 거야?"

이 질문에 내 속에서 널뛰던 미친 생각들이 싹 달아났다. 머릿속에 뱅글뱅글 돌던 멋지고 불가능한 모습들, 자마자마가 아닌 사람들의 평범한 삶의 모습들.

"뭘 어떡해?"

내가 대꾸했다. 이제는 심장이 쿵쾅대는 것을 멈추고 느리게 뛰었다. 가슴에 돌덩이가 가득한 것처럼.

"아무것도 안 할 거야."

"그럼 타이바는?"

카테카니가 다급한 소리로 물었다.

"걔한테는 말하면 안 돼. 괜한 희망만 더 키워 주는 일이야."

나는 그러기로 작정했다.

"하지만 레길레, 타이바는 이미 희망에 가득 차 있어. 희망이 장난 아냐. 아예 믿고 있어."

카테카니가 우겼다.

"그런 걸 가망 없는 희망이라고 하는 거야."

내 목소리가 모질게 들렸다. 꼭 파파 마부소의 목소리 같았다.

"가끔은 소원이 이루어질 수도 있어, 레길레."

카테카니가 고집스럽게 말했다. 마치 타이바가 말하는 것 같았다.

"그런 일은 없어."

"너, 자기 말이 맞았다는 걸 알면 타이바가 얼마나 기뻐할지 생각해 봐. 스파이크는 실제로 있는 사람이었어."

이제는 카테카니도 스파이크 타령이었다.

"그럼 실제로 있는 사람인데도 거기 갈 방법이 없다는 걸 알면 얼마나 실망할지 생각해 봐."

"타이바가 여기서 도망가도?"

"카보퀘니는 여기서 멀어. 아냐, 다 관두자. 타이바가 무슨 정신 나간 꿈을 꾸든 우리와는 아무 상관 없어. 그건 그냥 걔 문제야. 그 녀석의 병이라고."

카테카니가 꽃무늬 지팡이들을 집어서 세웠다. 지팡이에 체중을 싣고 자기 몸도 똑바로 일으켜 세웠다. 그리고 나를 돌아봤다. 카테카니의 두 눈이 강렬하게 반짝였다. 나는 카테카니가 눈물을 참고 있다는 것을 깨달았다.

"광산이 네 영혼을 빼앗아 갔구나!"

카테카니가 사납게 말했다. 하지만 말 중간에 목이 멨다.

"그래. 애초에 우리한테 영혼이 있었다면. 그리고 광산이 타이바의 영혼도 훔쳐 갈 거야. 금방 그렇게 돼. 두고 봐. 스파이크 마포사 생각 따위 접게 될 거야. 이게 자기 인생인 걸 깨닫게 될 테니까."

"너!"

카테카니가 나를 힐난했다.

"너는 돈 한 푼 못 받고 갇혀 있는 아이들과 달라. 옛날에는 그랬을지 몰라도 지금은 아냐. 너는 떠날 수 있었어. 여기나 스와질란드에서 다른 일을 찾을 수도 있었어. 그런데도 너는 여기 남았어. 돈 때문에."

카테카니는 역겨운 것을 뱉듯 마지막 말을 뱉었다.

엄마 때문에. 나는 마음속으로 카테카니의 말을 바로잡았다. 하지만 겉으로는 억지로 웃었다. 내 입에서 비열한 조롱이 나왔다.

"그런 돈으로 뭘 할 수 있을지 생각해 봐, 카테카니. 또 알아? 여기를 떠나서 네가 말하는 새로운 인생을 살 수 있을지? 그런데 말이야, 미안하지만 그런 일은 일어나지 않아. 마찬가지로 스파이크 마포사가 타이바와 아이레스를 구해 주는 꿈 같은 일도 절대 일어나지 않아."

"너랑 무슨 말을 하겠어."

카테카니가 갑자기 작아지고 텅 비어 버린 목소리로 이렇게 말하고는 돌아섰다.

나는 카테카니가 지팡이 사이로 몸을 저어 가며 집으로 돌아가는 뒷모습을 바라봤다. 그새 날이 어두워져서, 몇 초가 지나자 카테카니의 지팡이를 장식한 꽃과 덩굴은 보이지도 않았다. 카테카니도 어두운 형체로만 보였다. 그 형체가 내게서 점점 멀어졌다.

이제는 새들도 모두 잠잠했다.

카테카니는 신문도 함께 가져갔다. 차라리 다행이었다. 가져가지 않았으면 아마 나는 나중에 내 방에서 스파이크 마포사 기사를 찬찬히 읽어 보려고 했을 테고, 그럼 내 전등의 배터리나 모아 둔 양초 중 하나만 괜히 축냈을 것이다.

그랬으면 그 기사가 나를 또다시 나약하게 만들었을 것이다. 자마자마 아이들을 갱에서 구해 내 새 삶을 찾아 주고, 집 떠난 아이들을 고향으로 돌려보내는 일에 힘쓰는 남자를 생각하며 시간만 낭비했을 것이다.

나는 스파이크 생각도, 타이바 생각도 하지 않으려고 노력했다. 나는 입을 다물 작정이었다. 그리고 거기에 죄책감을 느끼고 싶지 않았다.

하지만 죄책감이 기어코 꾸역꾸역 밀고 들어왔다. 나는 별을 바라보며 그대로 앉아 있었다. 이렇게 캄캄한 산속에서는 별들이 무척이나 크고 밝았다. 하지만 겨울철에 보는 별들만큼 또렷하지는 않았다.

내가 타이바에게 말해 주면 어떻게 되는데? 어차피 내가 해 줄 수 있는 것은 거기까지였다. 행동을 하고 말고는 녀석이 결정할 몫이었다.

그래, 그런데 녀석이 정말로 행동에 옮기면? 녀석은 시도를 하고도 남았다. 그리고 만약 기적이 일어나서 녀석이 여기서 도망치는 데 성공한다면? 그렇다 해도, 영어는 겨우 하고 시스와티 어는 전혀 못하는 녀석이 여기를 나가서 뭘 어쩌겠어?

가도 내가 같이 가야 가망이 있었다. 나는 못 간다. 아니, 안 간다. 그렇다고 내가 비겁자가 되는 건 아니잖아? 천만에! 나는 이미 내 길을 정했다. 나는 자마자마가 되기로 했다.

카테카니와 싸운 것 때문에 마음이 불편했다. 카테카니에게 새로운 인생 따윈 없을 거라고 한 것이 특히 마음에 걸렸다. 나란 놈은 페이스맨보다 나을 게 없었다. 파파 마부소와 다를 게 없었다.

나는 이런 생각들로 잠을 설쳤다. 다시 갱 속에 돌아가 있는 꿈을 꾸다가 깼다. 꿈이 아닌 환상도 보았다. 반쯤 깨 있었으니 꿈이라고 할 수 없었다. 그 환상 속에서 나는 달리고 있었다. 내 옆에서 타이바가 함께 달리고 있었다. 차가 많이 다니는 R40번 도로였다. 넬스프루트로 이어지고, 더 가면 카보쿼니로 이어지는 도로. 내가 이 도로에서 실제로 본 구간은 시작 구간, 즉 도로가 바버튼을 지나는 구간뿐이었다. 따라서 지금 환상 속에 보이는 이 도로가 실제 R40번 도로와 같다는 보장은 없었다. 완전히 딴판일 수도 있었다. 도로가 가파르고 커브가 잦은 것만 얻어 들었을 뿐이다.

아침이 됐지만 불편한 마음은 여전했다. 나는 마음을 비우기 위해서 뭐라도 해야겠다고 작정했다. 그래서 바버튼으로 내려가서 협곡으로 조류 탐사에 나설 관광객을 기다리며 주변을 서성였다. 새들을 찾아내는 데 집중하는 동안은 스파이크 마포사와 타이바와 카테카니 생각을 머릿속에서 몰아낼 수 있었다.

운이 따르는 날은 아니었다. 나이 든 부부가 나와 동행하기로 했다. 하지만 나는 부부에게 어떤 새도 보여 주지 못했다. 오히려 남편이 직접 한 마리를 찾아냈다. 내가 모르는 새였다. 늙은 부부는 나에게 2란드(남아프리카공화국의 화폐 단위)만 주었다.

먼젓번 부부보다 젊은 부부가 자동차를 몰고 펀리 하우스에 도착했다. 부부는 내게 탐사에 따라올 필요는 없다고 했다. 대신 자동차를 지키고 있으라고 했다. 비비원숭이들이 차에 해를 입힐까 봐 걱정하는 눈치였다. 젊은 부부는 돌아와서 나에게 5란드를 주었다.

이들 말고는 아무도 오는 사람이 없었다. 종일 번 돈이 고작 7란드였다.

집에 다다랐을 때, 집 안에서 파파의 고함 소리가 들렸다. 카테카니가 뭔가 잘못을 저지른 모양이었다. 가령 파파에게 주는 차를 너무 묽게 탔다든가.

내 방까지 거의 다 갔을 때였다. 집에서 카테카니의 비명 소리가 터져 나왔다. 나는 걸음을 멈췄다. 파파가 다시 고함을 쳤다. 고함소리 사이사이에 카테카니의 겁에 질린 목소리가 다급히 들렸다.

카테카니가 또다시 비명을 질렀다. 이번에는 비명 소리가 계속 이어졌다.

나는 뒤돌아 집으로 달려갔다. 집에 들어가 보니, 파파가 카테카니를 주먹으로 내리치고 있었다. 그는 바닥에 웅크리고 있는 딸을 찍어 누르다시피 팼다. 지팡이를 놓친 탓에 카테카니는 매를 피할 도리가 없었다.

내가 들어서는 순간, 파파가 지팡이 하나를 방 반대편으로 걷어찼다. 카테카니가 이제는 비명 대신 흐느껴 울었다. 왜 그런지 그 소리가 비명 소리보다 더 가슴을 찢었다.

"파파, 왜 이러세요! 그만하세요!"

내가 외쳤다.

"이놈의 빌어먹을 지팡이. 꼴사납게 색칠은 해 가지고⋯."

파파는 내가 들어온 것도 알아채지 못했다.

파파가 다른 지팡이를 집어 들었다. 나는 파파가 그걸로 카테카니를 때리는 줄 알고 기겁했다. 파파는 지팡이를 탁자 모서리에 힘껏 내리쳤다. 지팡이가 부러졌다. 두 동강 난 것은 아니었지만, 나무가 휘면서 우지끈 짜개졌다. 지팡이는 카테카니의 가벼운 몸도 지탱하지 못할 폐물이 되고 말았다.

그걸 보고 카테카니가 우는 소리를 들으니, 정신이 혼미해지고 열이 치밀어 올랐다.

"그만해요!"

나는 벼락처럼 외쳤다. 내 목소리가 어른 목소리처럼 쩌렁 울렸다.

파파가 그제야 나를 보았다. 내 목소리에 놀란 눈이었다. 파파가 부러진 지팡이를 집어 던졌다.

"이 빌어먹을 계집애가 어떤 짓을 저질렀는지 알아?"

파파가 내게 악을 썼다.

132

"오늘 훈련이 없었어. 리쿠르트들이 밖에 나올 일이 없는 날이지. 그래서 다리 다친 녀석이 어떤지, 기침하는 다른 놈도 괜찮은지 보러 헛간에 갔더니… 놈들을 세 볼 필요도 없었어. 다리 다친 꼬마와 붙어 있던 말 많던 놈이 사라졌어! 이 쓰레기 같은 계집애가 아침밥을 갖다줄 때 도망치게 해 줬단 말이야!"

파파가 카테카니를 걷어찰 기세로 한 발을 치켜들었다. 나는 머릿속이 어지러웠다…. 타이바가 도망갔다!

"아니에요. 저예요."

나는 생각할 겨를도 없이 외쳤다.

"제가 그랬어요. 엊저녁에요. 저녁밥 갖다주면서요."

내 말에 파파가 발을 멈췄다. 하지만 파파가 나를 노려보는 눈빛은 그가 내 말을 믿지 않는다는 걸 말해 주고 있었다.

"물러 터진 놈."

파파가 씩씩댔다.

"이 계집애가 이미 자기가 한 짓이라고 다 불었어. 그 말 많던 놈이 자기는 스파이크 마포사라는 남자를 찾으러 가야 한다고 했다나? 이 계집애가 그놈한테 신문에 난 얘기를 나불댔거든. 이 망할 것이 놈을 도왔어."

"제가 시킨 거예요."

내가 말했다. 나는 말을 바꾸는 실수, 거짓말을 또 다른 거짓말로 바꾸는 실수를 했다. 일만 더 커졌다.

"이런 물러 터진 놈."

파파가 다시 욕했다.

"이런 쓸모없는 흉물을 감싸느라 나한테 거짓말을 해? 이제껏 네 놈한테 베풀어 준 게 얼만데? 자유롭게 돌아다니게 해 줘, 네놈 엄마에게 돈도 보내 줘…. 그런데 은혜를 이 따위로 갚아? 거짓말하는 놈은 못 믿어. 오늘부터 헛간 열쇠는 만질 생각도 하지 마. 내가 열고 잠글 거니까. 네놈은 쓰레기 같은 내 딸년이랑 밥이나 날라. 나는 너를 아들처럼 생각했어. 그런데 내 등을 쳐? 나를 배신해? 너는 내가 너처럼 어리고 물러 터졌을 때 내 등을 쳤던 놈들이랑 하나 다를 거 없어. 광산 놈들, 은행 것들. 이게 너한테 주는 마지막 기회야, 알아들어? 그 시끄럽던 놈은 어차피 혼자서는 멀리 못 가. 제깟 놈이 무슨 수로 카보퀘니에 있는 스파이크 마포사를 찾아가겠어? 게다가 녀석은 너 같은 스와질란드 것들보다도 못한 외국 꼴통이야. 네놈이 안 보이면 그놈을 도우러 간 줄 알 테니 그리 알아. 경찰에 내 친구들이 있는 거 알지? 경찰한테 네놈이 내 집에서 도둑질했다고 할 거야. 너랑 그 모잠비크 놈이랑. 그리고 경찰한테 카테카니를 보여 주고 네놈이 이렇게 만들었다고 할 거야. 네놈들은 넬스프루트 근처에 가기도 전에 붙잡히게 돼 있어. 카보퀘니? 꿈도 꾸지 마. 이제 꺼져. 밥 내갈 때나 다시 기어들어 와."

나는 어찌할 바를 모르고 카테카니를 보았다. 내 머릿속에 또 다른 내가 있었다. 머릿속의 또 다른 내가 부러지지 않은 지팡이를 집

134

어 들었다. 지팡이를 파파의 머리와 목 위로 치켜들고 온 힘을 다해 내리쳤다. 내가 가진 자마자마의 힘을 다해서 내리쳤다.

"그래, 얼른 가."

카테카니가 어눌하게 말했다. 그 소리에 나는 정신이 돌아왔다. 파파의 주먹에 맞은 카테카니의 입술이 퉁퉁 부어올랐다.

"제발, 레길레. 얼른 가."

카테카니가 나를 올려다봤다. 진심으로 다급하게 애원하는 표정이었다. 카테카니는 표정으로 내가 더 이상 문제를 일으키지 못하게 말리고 있었다. 지금은 안 돼. 이렇게 말하는 것 같았다. 나에게 따로 할 말이 있는 기색이었다. 그게 뭔지는 짐작이 가지 않았다.

"입 닥쳐."

파파가 카테카니를 윽박질렀다.

"음식 준비나 해. 벌써 다 되었어야 할 음식이야."

카테카니가 바라는 것은 내가 물러가는 거였다. 나도 알고 있었다. 나는 가기 전에 부러지지 않은 지팡이를 집어 들었다. 가더라도 카테카니를 일으켜 주고 가야 했다. 하지만 그러려고 하자 파파의 얼굴이 험상궂게 일그러졌다.

"꺼져!"

파파가 악을 썼다.

"혼자 할 수 있어, 레길레."

카테카니가 엉망이 된 목소리로 말했다.

카테카니는 내가 가길 바랐다. 그래서 나는 그렇게 했다. 지팡이는 카테카니의 손이 닿을 수 있는 곳에 놓아두고 나왔다. 내 방 밖에 낡은 지팡이 한 쌍이 보였다. 낡은 지팡이가 내 벤치 밑에 누워 있었다. 나는 지팡이를 주워 들고 다시 파파의 집으로 갔다.

카테카니 혼자 음식 준비를 하고 있었다. 파파는 다른 방에 있었다. 방에서 파파의 말소리가 들렸다. 전화 통화를 하고 있는 것 같았다. 경찰 친구들과 통화하나? 내가 도둑질을 하고 카테카니를 폭행했다고 말하는 중인가?

"여기."

나는 낡은 지팡이들을 탁자에 기대 놓았다.

"고마워."

카테카니가 낮은 소리로 말했다. 슬픈 목소리였다.

"괜찮….."

"나중에."

카테카니가 내 말을 잘랐다. 여전히 낮은 소리였지만 단호했다.

나는 시키는 대로 집을 나와 내 벤치에 가서 앉았다. 기분이 너무 묘했다. 화가 나는 동시에 얼떨떨했다.

물러 터진 놈. 파파가 나에게 그렇게 욕했다.

그래. 집에 뛰어 들어가 파파를 막고, 카테카니가 저지른 일을 대신 덮어쓰려다 망한 거였다. 주제 모르고 나선 거였다. 남의 일을 내 일로 만들고 말았다 한마디로 물러 터진 짓이었다.

모두에게 분노가 치밀었다. 나 자신과 파파가 가장 증오스러웠다. 하지만 타이바에게도 화가 났다. 심지어 카테카니조차 미웠다. 그런데 이런 분노 한가운데에 작지만 좋은 느낌이 있었다. 어쩐지 내가 한 짓이 뿌듯했다. 더러운 돌덩이 속에 박혀 있는 금 조각처럼.

그러다 화들짝 타이바 생각이 났다. 녀석이 사라졌다. 하기야 놀랄 일도 아니었다. 녀석은 결심이 보통이 아니었다. 언제 일을 내도 낼 놈이었다.

나는 벌써 녀석을 과거의 일로 생각하고 있었다. 녀석은 이제 끝난 거나 다름없었다. 녀석이 바깥세상에서 무사할 방법은 없었다. 혼자서는 어림없었다. 녀석이 스파이크 마포사를 찾으러 카보퀘니에 가는 일은 불가능했다. 불법 체류자로 잡혀서 어딘가에 갇혀 있다가 결국은 강제 추방될 게 뻔했다. 그게 아니면, 여기 사람들에게 도로 잡혀서 몰매를 맞거나, 다른 신디케이트 어른들 손에 걸려서 영문도 모르고 다른 광산에 팔려 가거나 둘 중 하나였다. 더한 일도 생길 수 있었다.

나는 리쿠르트들의 저녁을 들고 헛간에 갔다. 파파가 헛간 밖에서 열쇠를 들고 기다리고 있었다. 나는 아이레스를 살폈다. 평소와 다른 기색이 없었다. 타이바가 스파이크 마포사를 찾아서 다시 데리러 오겠다고 단단히 약속하고 간 게 분명했다.

타이바 나카, 녀석의 부질없이 큰 희망.

속상한 마음이 들었다. 이러는 내가 나도 놀라웠다.

헛간을 나와서 언제나처럼 내 벤치에 앉아 혼자 저녁을 먹고 있을 때였다. 카테카니가 내 쪽으로 오는 것이 보였다. 한쪽에는 부러지지 않은 꽃무늬 지팡이, 다른 한쪽에는 내가 가져다준 낡은 지팡이를 짚고 오고 있었다.

9

카테카니가 벤치에 자리 잡고 앉았다.

"많이 다쳤어?"

내가 물었다.

나는 언제나처럼 카테카니 앞에 쭈그리고 앉았다. 카테카니의 멍든 얼굴이 어둡고 무거웠다. 아랫입술은 퉁퉁 붓다 못해 갈라지기 시작했다. 나는 카테카니의 부어오른 눈을 들여다봤다. 진짜 상처는 카테카니의 마음속에 난 것 같았다.

"괜찮을 거야."

카테카니가 눈을 내리깔며 말했다.

"레길레, 너무… 창피해. 타이바 얘기를 해 버린 거. 타이바가 스파이크를 찾아갔다는 말을 해 버린 거. 무서웠어. 아픈 것도 무섭고…

맞다가 지금보다 더한 불구가 될까 봐 무서웠어. 아버지가 너무 심하게 때려서 어쩌지 못했어."

나는 손을 뻗다가 다시 거둬들였다. 카테카니를 위로해 주고 싶었지만 어떻게 위로해야 할지 모르겠다.

"네가 말하지 않았어도 마찬가지야. 타이바는 얼마 못 가 잡히게 돼 있어. 녀석이 누군가에게 길을 물어보는 순간 그걸로 끝이야."

내가 말했다.

"아니야."

카테카니가 도로 눈을 들었다. 갑자기 카테카니의 눈이 아까보다 덜 슬퍼 보였다. 무언가 기분 좋은 것이 막 떠오른 눈 같았다. 그 무언가가 나를 향해 밝게 빛났다.

"내가 아버지에게 말하지 않은 게 있어. 너는 알아야 할 일이야, 부티."

"뭔데?"

내가 조심스럽게 물었다. 긴장됐다.

"내가 타이바에게 스파이크가 카보퀘니에 있다고 알려 준 건 맞아. 하지만 네가 스파이크 얘기하지 말라고 했다는 말은 안 했어. 너는 엊저녁에 헛간 문을 잠근 다음에야 스파이크 기사를 봤다고 말했어. 틀린 말도 아니잖아."

나는 두 손바닥을 들었다가 내렸다.

"그래서 그게 무슨 상관인데? 더구나 녀석은 이미 사라졌는데? 물론 헤매고 다니다가 파파의 끄나풀한테 잡혀 도로 끌려오겠지만."

"아니."

카테카니가 아까처럼 눈을 빛내며 말했다.

"타이바는 길을 잃지 않았어. 도망치고 있지 않아. 너를 기다리고
있어."

"뭐?"

카테카니의 말을 종잡을 수 없었다.

"타이바는 다른 애들도 함께 가기를 원했어. 모두 다는 아니고, 한
두 명 정도. 하지만 다른 애들은 겁을 냈어. 자기들은 자마자마다,
리쿠르트 시절만 넘기면 큰돈을 벌 수 있다, 이렇게들 말하면서."

"걔들이 똑똑한 거지."

카테카니는 내 말에 아랑곳 않고 말을 이었다.

"그래서 내가 타이바한테 숨어 있을 곳을 일러 주었어. 거기서 널
기다리라고 했어. 네가 길을 안다고, 지도도 가지고 있다고. 네가
함께 가야 해, 레길레. 타이바는 시스와티 어도 못하고 아프리칸스
어(남아프리카공화국에서 사용하는 언어)도 못하잖아. 영어도 서툴
고…. 타이바가 입을 열었다간 사람들이 당장 불법 체류자로 끌고
갈 거야…."

"말도 안 돼!"

내가 펄쩍 뛰었다.

"말도 안 돼, 카테카니! 설마… 웃기지 마…. 지금 장난해?"

"저기 옛날 광산 입구 알지? 이 근처에 내려가지 않고 똑바로 걸어 들어가는 갱 말이야."

"타이바가 거기 숨어 있다고?"

제법이었다. 숨어 있기 좋은 데였다. 바버톤을 둘러싼 산과 언덕에는 버려진 광산이 지천이었다. 지구를 칼로 벤 것 같은 흉흉한 구멍들. 그런 굴들을 여기 사람들은 아디트(경사 없이 수평으로 판 굴)라고 불렀다.

"타이바가 너를 기다리고 있어."

"웃기지 마."

"네가 가야 해, 레길레."

카테카니는 애원하는 말투가 아니었다. 파파에게 맞아서 터진 입 때문에 발음이 좀 새서 그렇지, 목소리는 차분하고 단호했다. 말의 내용도 부탁보다는 명령에 가까웠다.

카테카니는 내가 당연히 할 것으로 믿고 말했다. 타이바가 언제나 내가 도와줄 걸로 믿고 얘기하던 것처럼. 내 주위에 이런 애들이 하나도 아니고 둘이나 있다는 사실이 신기할 따름이었다.

"못해."

나는 다시 거부했다.

"타이바 생각을 해 봐, 부티. 갱에 숨어서 너를 기다리는 애를. 네가 올 걸로 믿고 기다리고 있어."

"타이바 녀석의 얼빠진 희망 놀음에 장단 맞추라고?"

하지만 나도 모르게 숨어서 기다리는 타이바의 모습이 떠올랐다. 원치 않아도 자꾸 떠올랐다. 내 머릿속에서 타이바는 다시 어둠 속으로 돌아가 있었다. 어둠 속에서 내가 오기를 기다리고 또 기다리고 있었다. 내가 오지 않아도 한없이 기다릴 게 뻔했다. 희망이 꺼질 때까지….

아니, 천만에! 내가 타이바를 몰라? 녀석의 희망은 꺼지는 법이 없었다. 하지만 내가 영영 오지 않으면?

"네가 개의 희망이야, 레길레."

카테카니의 목소리가 내 생각 속으로 떨어졌다. 오랜 가뭄 끝의 빗방울에 흙바닥이 파이듯, 내 가슴이 카테카니의 말에 파였다.

나는 카테카니를 멍하니 응시했다. 카테카니의 말이 맞다고 생각했다. 하지만 말이 생각과 다르게 나왔다.

"누구 맘대로 희망이야?"

내 목소리가 모질게 들렸다. 모래나 돌멩이처럼 까칠했다.

"타이바, 그 꼬마도 나랑 비슷해. 타이바도 네가 착한 사람인 걸 알아봤어."

카테카니가 차분하고 담담하게 말했다.

"헛소리 마."

속에서 분이 치밀었다. 착하다는 것은 물러 터졌다는 말과 동급이고, 착하면 성공적인 자마자마가 되기 힘들다.

"맞아…. 아까 날 도와준 것만 봐도 그래. 아버지한테 날 때리지 말라고 대들고, 나를 위해서 거짓말까지 했잖아. 고마워, 레길레."

고맙다는 말을 들으려고 한 게 아니었다. 그런 말은 불편했다. 하지만 딱히 반박할 말이 없었다. 내가 한 일이 뿌듯하지 않았다면 거짓말이었다. 물러 터진 짓이었을지는 몰라도, 영 허튼 짓이나 미친 짓이었다는 생각은 들지 않았다.

"아까는 그랬을지 모르지만, 내가 타이바 나카를 돕는 일은 없을 거야."

나는 카테카니가 오는 바람에 먹다 말았던 저녁 접시를 다시 집어 들었다.

"내 방에서 마저 먹을래. 그리고 잠이나 잘래. 접시랑 식기는 아침에 갖다줄게."

카테카니가 저녁 어스름 너머로 나를 꿋꿋이 응시했다.

"네가 타이바를 돕겠다고 할 때까지 여기 앉아서 기다릴래."

"그럼 여기서 밤을 새든지."

나는 내 방으로 들어가 문을 쾅 닫았다. 저녁을 마저 먹으려고 했지만, 목구멍이 막힌 것처럼 빽빽해서 음식이 넘어가지 않았다.

나는 매트리스 위에 드러누웠다. 하지만 잠이 올 만큼 고단하지 않았다. 타이바 생각만 빼고 무슨 생각이든 해 보려고 노력했지만 뜻대로 되지 않았다. 나를 기다리고 있을 타이바의 모습이 머릿속에 아예 들어앉아서 나가질 않았다. 항상 스파이크 마포사가 자기를 구해 줄 거라고 믿었던 것처럼, 내가 자기를 도와주러 올 걸로 철석같이 믿고 있을 타이바. 타이바가 무사히 카보쿼니까지 가기만 한다면, 스파이크 마포사는 타이바를 도우러 나설 거다. 그런데 만약 스파이크 때문에 파파 마부소가 더 이상 이 일을 못한다면, 그러면 나는 어떻게 되는 거지? 만약 신디케이트가 광산 채굴을 못하게 되면?

여기 말고도 신디케이트는 많았다. 단속으로 사라졌다가도 또 몰려드는 게 신디케이트였다. 나는 열여덟 살이었다. 어른 나이였다. 나야 신디케이트에 직접 고용돼서 일하면 그만이었다.

어둠 속에서 기다리고 있을 타이바. 희망에 차서. 나만 믿고.

나는 쓴 신음을 토했다. 일어나서 밖으로 나갔다. 밖은 이제 깜깜했다. 그렇다고 갱 속만큼 깜깜한 것은 아니었다. 카테카니가 보였다. 카테카니는 아직도 벤치에 앉아 있었다.

"알았어. 가면 될 거 아냐. 타이바를 데리고 카보쿼니에 가면 되잖아."

내가 말했다.

카테카니가 부르튼 입으로 나에게 미소 지었다. 깜깜하지만 알 수 있었다. 몸을 굽혀서 그 입에 키스하고 싶었다. 하지만 그러면 카테카니가 아파할 것 같았다.

"내가 돌아와서 이쪽 지팡이에 칠할 페인트를 사 줄게. 아예 새 지팡이를 사 줄게."

내가 말했다. 심장이 두방망이질했다.

"그래 주면 고맙지."

"그러면 내 여자 친구가 돼 줄래?"

이제는 숨도 쉬어지지 않았다.

"봤지, 레길레?"

카테카니가 나직이 말했다. 말소리에 행복한 웃음이 섞여 나왔다.

"희망하면 이루어지잖아. 그래, 네 여자 친구가 돼 줄게. 스파이크를 데리고 돌아와서 우리 모두를 여기서 멀리 데려가 줘. 나랑 리쿠르트들 모두."

"희망이 너무 많아."

내가 퉁명스레 말했다. 카테카니가 내 능력 이상을 희망하는 것이 두려웠다.

"당장 출발해야 해. 파파한테 받은 전등을 가져갈 거야. 타이바를 만나서 동이 트자마자 걷기 시작할 거야."

"그래, 그럼 내가 얼른 지도를 가져올게. 네 지도를 내가 보관하고 있어. 그리고 빵과 물도 좀 챙겨 올게. 물건을 넣어 갈 만한 가방도. 아버지는 모를 거야…. 이 시간에는 항상 의자에서 잠드시거든."

카테카니를 기다리면서 나는 가져갈 것들을 정했다. 많지는 않았다. 내 전등과 여벌의 셔츠 한 장. 가장 필요한 것은 역시 현금이었다. 데오도런트를 사고 남은 돈과 오늘 낮에 번 7란드가 있었다. 나는 칫솔과 치약과 데오도런트도 챙겨 가는 게 낫겠다고 결론 내렸다. 우리에게 씻을 기회가 생기면 타이바한테도 데오도런트를 뿌려

줘야지.

카테카니가 지도를 가지고 돌아왔다. 어린이용 나일론 배낭에 먹을 것과 물병도 넣어 가지고 왔다.

"내가 학교 다닐 때 책가방으로 쓰던 거야."

카테카니가 말했다. 그러더니 땅이 꺼져라 한숨을 내쉬었다.

"나도 너랑 타이바랑 함께 도망갈 수 있으면 좋겠다. 하지만 난 못 걸으니까 어쩔 수 없어. 그래도 괜찮아. 너희를 다시 만날 거니까. 너희가 스파이크를 찾아간다는 생각을 하면… 그것만으로도 너무 행복할 것 같아."

태어나 수백만 번 그랬던 것처럼 나는 이번에도 대꾸할 말을 찾지 못했다. 나는 그저 카테카니의 어깨만 어루만졌다. 나는 빵 봉지 옆에다 내 데오도런트와 치약 칫솔을 밀어 넣었다. 배낭을 들었더니 가볍기 그지없었다.

"잘 있어."

내가 마지막으로 말했다.

"응, 잘 가."

나는 걷기 시작했다. 헛간을 지나고, 내 방을 지나고, 파파의 집을 지나 어둠 속으로 걸어 나갔다. 한밤의 어둠에 잠긴 초원 속으로. 하지만 이것쯤은 진짜 어둠도 아니었다. 달도 없고 별도 구름에 가려진 밤이라 할지라도, 이 정도는 어둠도 아니었다. 땅속 어둠을 겪어 보지 않은 사람은 진짜 어둠을 모른다.

오늘따라 별이 대담하고 예리하게 빛났다. 아직 초여름이라 공기도 그다지 습하지 않았다.

나는 전등을 켜지 않고 걸었다. 땅이 심하게 울퉁불퉁한 곳에서만 딱 한 번 켰다.

폐광 입구는 아직도 휑하니 드러나 있었다. 그 근처에서는 어떤 식물도 자라고 싶어 하지 않는 듯했다. 심지어 잡초도 피하는 곳이었다.

사방이 쥐 죽은 듯 고요했다. 하지만 정적 속에서 누군가 듣고 있는 기운이 느껴졌다. 타이바가 내 소리를 들었을까?

"타이바!"

내가 낮은 소리로, 하지만 힘주어 불렀다.

"레길레 형!"

녀석의 어린 목소리가 터져 나왔다. 목소리에서 기뻐 펄쩍 뛰는 기운이 들렸다.

녀석은 광산 입구 바로 안쪽에 앉아 있었다. 나는 전등을 켰다. 녀석이 몸을 일으키는 게 보였다.

"너 때문에 카테카니와 내가 무슨 곤욕을 치렀는지 알아?"

나는 야단부터 쳤다.

"미안해, 형. 스파이크가 다 갚아 줄 거야."

"나는 빼 주라. 그리고 잘 들어."

나는 계속해서 살벌한 말투를 유지했다.

"동이 트자마자 걷기 시작해야 해. 초원을 가로질러서 R38번 도로로 나가야 해. R40번 도로로는 갈 수 없어. 파파가 그랬어. 우리가 넬스프루트까지 가기도 전에 사람들을 풀어서 우릴 잡을 거라고 했어. 그 말은 우리가 R40번 도로로 갈 걸로 생각한다는 뜻이야. 우리가 스파이크 마포사를 찾아간다는 걸 파파도 알아. 파파가 카테카니를 두들겨 패는 바람에 카테카니가 할 수 없이 불었어."

"미안해, 미안해."

타이바의 목소리가 죄책감으로 떨렸다.

"어쩌면 스파이크가 카테카니 누나도 구해 줄…."

"스파이크 얘기는 닥쳐. R38번 도로는 한적해. 차도 많이 안 다녀. 차가 오면 얼른 덤불 속에 숨으면 돼. 차를 얻어 타기에는 바버톤과 너무 가까워. 도로에 파파의 친구나 페이스맨이 지나갈지도 몰라. 차를 얻어 타고 가면 카보퀘니에 아마 한 시간, 적어도 두 시간 안에는 확실히 도착하겠지만, 걸어서는 얼마나 걸릴지 나도 몰라. 너는 아직 몸이 성치 않아서 걸음이 느릴 수밖에 없잖아. 그래서 며칠이 걸릴 수도 있어. 그렇게 가다가 N4번 도로가 나오면, 도로를 건넌 다음…. 그다음은 그때 생각하자."

"형은 맞는 길을 찾아낼 거야, 레길레 형."

타이바는 언제나처럼 자신감으로 넘쳤다. 그게 내 심기를 긁었다. 녀석의 자신감도 희망도 전적으로 내가 하기에 달려 있는 거라 더 짜

중났다. 나는 이런 책임감이 싫었다.

"배고프냐? 카테카니가 빵과 물을 챙겨 줬어."

내가 물었다.

"아주 많이 고프지 않아. 나중에 먹자."

"그럼 잠이나 자 둬. 출발할 때가 되면 깨워 줄 테니까."

"알았어, 레길레 형. 고마워….."

"닥쳐."

녀석의 감사도 카테카니의 감사처럼 나를 불편하게 했다. 나는 그런 감사를 받을 자격이 없었다.

녀석이 한숨 쉬는 소리가 들렸다. 고집 세고 말 안 듣는 놈은 자기가 아니라 나라는 투였다. 녀석이 누웠다. 녀석은 정말로 잠든 기색이었다. 나는 잠이 오지 않았다.

우리의 덜미를 잡을 문제가 한두 가지가 아니었다. 갱에서는 사고가 끊이지 않았다. 특히 불법 채굴을 하는 폐광에서는 더 그랬다. 다른 리쿠르트 팀이 갱에서 올라오려면 아직 날이 꽤 남았지만, 만약 그 팀에게 무슨 일이 생기면 파파 마부소는 헛간에 있는 우리 팀을 내려보낼 거다. 기껏 스파이크 마포사가 도착했는데 아이들이 없을 수도 있다는 얘기였다.

더한 문제는, 그중에 아이레스가 있다는 사실이었다. 파파는 아이레스가 나을 걸로 기대했다. 가망 없는 놈을 끼고 있을 파파가 아니었다. 갱에서 다쳐서 올라온 뒤 트럭에 실려 어디론가 사라지던 아이들을 본 적이 있었다. 그 아이들이 어떻게 됐는지는 나도 모른다. 쓰레기처럼 버려졌는지, 아니면 파파가 알고 지내는 비리 경찰에게 넘겨졌는지 알 수 없었다. 비리 경찰은 그런 아이들을 넘겨받아서, 불법 이민자를 잡았다고 생색내는 용도로 썼겠지.

다시 갱에 내려가면 아이레스는 더 이상 살아서 나오기 힘들 것이다. 특히 옆에서 보살펴 줄 타이바가 없으니 더 말할 것도 없다.

나는 새로운 걱정을 타이바에게는 내색하지 않기로 마음먹었다. 이유는 모르겠다. 전 같으면 암울한 현실을 하나라도 더 깨우쳐 주려고 단박에 말했을 텐데.

이제 나도 녀석에게 두 손 두 발 다 들었다. 타이바와 카테카니 둘이서 합동으로 나를 이렇게 만들었다. 둘은 간절히 바라면 이루어질 거라고 철석같이 믿었다. 둘을 배겨 낼 수가 없었다.

아니면 이제 나도 한통속이 된 걸까? 나도 둘이 바라는 꿈의 일부가 된 걸까? 스파이크 마포사처럼?

10

우리는 매일 새벽빛이 하늘 아래를 물들이며 올라오기 무섭게 길에 나섰다. 그래도 두 시간만 지나면 날이 더워지고 걷기가 힘들어졌다. 갱 속처럼 지옥 같은 열기는 아니었지만, 햇볕에 목이 타고 피부가 탔다.

몇 달 동안 비가 오지 않았기 때문에 강과 내는 말라붙었거나 더러운 물만 가느다랗게 흘렀다. 그런 물을 마셨다간 탈 날 것 같아서 우리는 기회 있을 때마다 수돗물을 훔쳐 마셨다. 하지만 수도를 만나기란 쉽지 않았다. 황량하게 텅텅 빈 벌판이 이어졌다. 있는 거라고는 덤불밖에 없었다. 로우 크릭을 지나면서부터는 더 황량해졌다. 어쩌다 한 번씩 닭들이 돌아다니고 채소를 키우는 작은 집이 나타날 뿐, 아무것도 없었다.

우리는 카테카니가 싸 준 빵을 최대한 아껴 먹었다. 타이바는 허기도 느끼지 못하는 듯했다. 녀석은 매일 아침 처음 한 시간 정도는 도로변을 폴짝거리며 체중이 없는 아이처럼 신 나게 걸었다. 얼굴은 스파이크 마포사 생각으로 반짝거렸다. 하지만 녀석의 몸이 완전히 회복된 게 아니라는 내 생각은 틀리지 않았다. 녀석은 얼마간 그러다가 곧 지쳤다. 지친 것만 아니라 걷는 것이 고통스러워 보였다. 하지만 녀석은 아프다는 말을 전혀 하지 않았다.

"쉬었다 갈래?"

내가 가끔씩 권했다. 하지만 녀석은 항상 거부했다.

"우리 계속 걸어야 해. 미안해, 레길레 형. 걷는 거 느려서 미안해."

녀석이 얼른 철들어서 현실을 깨달을 필요가 있다는 생각에는 변함없었다. 그래도 녀석은 아직 어린애였다. 나는 그걸 감안해 주기로 했다. 녀석은 원래도 비실비실한 데다, 그동안 갱 속과 헛간에서 먹은 음식은 허접하기 짝이 없었다. 가끔씩 체력 단련 시간이 있었다곤 하지만, 매일 헛간에 갇혀 지낸 것도 건강에 이로웠을 리 없었다.

우리는 대체로 덤불 안에서 잤다. 잔다기보다 졸았다. 밤에 소리가 나면, 나는 소스라쳐 깼다. 타이바는 깨는지 어쩐지 모르겠다.

우리는 더위가 가장 심한 한낮에도 쉬어 갔다. 그럴 때면 타이바는 꼬질꼬질한 반바지 주머니에서 신문지 조각을 꺼내 읽어 달라고 졸랐다.

물론 스파이크 마포사의 기사였다. 카테카니가 신문에서 기사를 찢어서 타이바에게 주었던 것이다. 신문 쪼가리는 우리가 하도 만져서 너덜너덜하고 활자도 흐릿했다.

나는 기사를 읽고 또 읽어서 이제는 줄줄 외웠다. 이제는 나도 타이바의 말이 반쯤은 믿어질 지경이었다.

"스파이크는 우리의 영웅이야. 우리 인생을 스파이크가 좋게 만들어 줄 거야."

"네 영웅이겠지."

나는 보통 이렇게 대꾸했다.

"너만 카보퀘니에 데려다주고 나는 곧바로 바버톤으로 돌아갈 거야. 가능하면 파파 마부소와 화해하고…."

"아니야! 스파이크는 파파를 잡아서 가둘 거야. 파파가 우리를 가둔 것처럼."

"그럴 수도 있고 아닐 수도 있겠지. 어쨌든 신디케이트는 많아. 나는 열여덟 살이야. 다른 신디케이트가 나를 자마자마로 채용할 거야."

걷다 보면 가끔씩 과일나무와 마주쳤다. 하지만 과일이 아직 딱딱하고 설익어서 무슨 과일인지 모를 때가 대부분이었다. 우리는 그래도 먹었다. 먹고 나서 둘이서 밤새 배앓이를 했다. 위가 뒤틀리듯 아팠다. 나는 아침이면 괜찮아졌지만, 타이바는 계속 비실거렸다.

"오늘은 걷지 말까?"

내가 말했다.

"아냐, 걸어야 해."

녀석은 언제나처럼 고집불통이었다.

나는 더는 이러쿵저러쿵하지 않았다. 나도 하루 빨리 이 미친 여행을 끝내고 싶었다.

우리는 마침내 카프무이덴 타운에 이르렀다. 모잠비크로 들어가는 M4번 도로가 나왔다. 이 도로를 가로질러야 했다. 도로에 차가 많아서 우리는 눈에 안 띄게 건너갈 기회를 기다렸다.

"여기서 건너지 않고 도로를 따라서 오른쪽으로 가다가 적당한 데서 몰래 국경만 넘으면 너희 나라야."

내가 슬쩍 찔러 보았다. 녀석은 고개를 흔들었다. 당치도 않는 말이라는 듯 씩 웃기만 했다.

"스파이크에게 아이레스를 구해 달라고 해야 해."

우리는 도로를 건너서 마출루 타운으로 들어섰다. 다시 사람들이 많아졌다. 위험하기는 해도, 허허벌판을 지나온 뒤라 사람들이 반가웠다. 길 끝에 기다란 탁자들을 내놓고 앉아서 물건을 파는 아주머니들이 보였다. 파는 물건은 산 닭, 죽은 닭, 양배추, 사탕 등 다양했다. 담배는 낱개로 팔고, 여자들이 얼굴에 바르는 크림을 단지에 담아 팔았다. 함석 대야에 삶은 달걀이 높다랗게 쌓여 있었다. 나는 조류 탐사 가이드를 해서 번 돈으로 빵과 삶은 달걀 두 개를 샀다.

우리는 마출루 타운의 가정집 뒤에서 잤다. 밤중에 밖에 있는 변소로 볼일 보러 나온 남자에게 들켜서 잡힐 뻔했다. 새벽에 다시 걸기 시작하자 동네 개들이 우리를 보고 짖어 댔다. 어디선가 오트밀 죽이 끓는 냄새가 났다. 내 배에서 꼬르륵대다 못해 바위 굴러가는 소리가 났다.

지도에는 마출루와 카냐마자네 사이의 좁은 뒷길과 시골길은 나와 있지 않았다. 하지만 길을 찾기는 어렵지 않았다. 우리가 맞게 가고 있는지 가끔씩 사람들에게 물어보면서 갔다. 내가 길을 물어볼 때 타이바는 입도 벙긋 못하게 했다.

걷기만 해서는 시간이 많이 걸린다는 결론이 나왔다. 그렇다고 차를 얻어 타기도 쉽지 않았다. 한번은 달달거리는 고물 트럭을 몰고 가던 늙은 아저씨가 우리를 트럭 짐칸에 태워 주었다. 연료 투입구 뚜껑이 떨어져 나가 걸레를 뭉쳐서 막아 놓았다. 거기서 나오는 배기가스 때문에 메스껍기 짝이 없었다. 아저씨가 도로에서 시골길로 빠지기 직전에 우리를 내려 주었다. 타이바는 내리자마자 토하기 시작했다. 녀석에게 탈수증이 오지 않을까 걱정됐다. 그래도 어쨌든 계속 걸었다.

카냐마자네에 도착해서 우리는 어느 큰 교회 입구에서 밤을 보냈다. 희미하게 향냄새가 났다. 그 냄새를 맡으니 고향에서 엄마가 우리를 데려가던 교회 생각이 났다.

이렇게 또 엄마 생각으로 이어졌다. 내가 자마자마가 된 것을 알면 엄마가 얼마나 충격받을까, 얼마나 속상해할까. 엄마는 내가 그렇게 힘들고 위험한 일을 하도록 놔두느니, 차라리 돈 없이 살겠다고 하겠지.

나는 엄마가 돈 없이 고생하는 게 싫었다. 하지만 내가 달리 무슨 일을 할 수 있을까? 화가 치밀었다. 이런 속앓이는 내가 어린 리쿠르트였을 때나 하던 짓이었다. 나는 물러 터졌다.

어둑한 새벽녘, 나는 지도를 펴 들었다. 지도는 이제 접는 주름을 따라 갈라지기 시작했다. 나는 전등을 비추면서 타이바에게 우리가 카보퀘니까지 따라갈 도로를 보여 주었다.

"멀지 않네?"

타이바가 말했다.

"걷기에는 멀어. 거기까지 택시를 타기에는 가진 돈이 모자라. 지나가는 차를 얻어 타고, 남은 돈은 먹을거리를 사는 데 써야겠어."

우리는 길을 나섰다. 카냐마자네 마을도 그새 잠에서 깨고 있었다. 커튼을 친 창문마다 불이 들어왔다. 어느 집에선가 라디오 소리가 흘러나왔다. 새벽 공기가 선선했다. 갱 속에 있을 때 내가 항상 상상하고, 동시에 상상하지 않으려 애쓰던 선선한 공기. 그동안 뙤약볕 아래를 걷느라 마르고 갈라진 피부를 부드러운 손가락이 어루만져 주는 것 같았다.

"오늘은 도착하는 걸로 하자."

내가 타이바에게 말했다.

"그래. 그러면 너무 좋겠다, 레길레 형. 스파이크가 우리를 보면 자마자마인 거 알까?"

"나도 몰라."

"스파이크가 우리를 보면 뭐라고 할까? 오늘, 아니 어쩌면 내일이면 우리가 아이레스를 데리러 갈 수 있을까?"

타이바는 종알대지 않고는 못 배겼다.

"너무 큰 희망은 품지 마."

내가 경고했다.

"희망… 우리 그거 필요해, 형. 그거 아니면 아무것도 못해. 희망이 없잖아? 그럼 그냥 앉아서… 그냥 누워서… 아무것도 못해. 죽은 사람처럼."

녀석이 하는 말을 못 알아듣는 척하고 싶었다. 하지만 녀석의 말이 가슴에 와서 박혔다. 죽은 사람처럼. 다른 자마자마들처럼. 나처럼.

그런 면에서 나는 죽은 사람이었다. 나는 시체였다. 하지만 카테카니가 내 여자 친구가 돼 주겠다고 말한 다음부터는 그렇지 않았다.

나는 카테카니가 지팡이에 그림 그리던 날을 떠올렸다. 그리고 카테카니에게 사 주고 싶은 새 페인트와 지팡이를 생각했다.

그러자 이상한 공포가 덮쳤다. 칼로 찌르듯이 날카롭게. 처음 갱에 들어가던 시절 이후로는 잊고 살았던 종류의 공포였다. 다시 땅속에 들어갔다가 나오지 못하면? 그러면 카테카니도 사라지고, 우리 둘도 사라지고, 우리 둘이 함께할 모든 것이 사라진다.

이런 생각을 몰아내려고 나는 얻어 탈 차를 찾는 데 집중했다. 아직 날이 완전히 밝지 않았다. 차들이 쌩쌩 지나갔다. 속도를 줄이는 차가 한 대도 없었다. 시간이 좀 흐르자, 태워 달라는 손짓을 보고 우리 쪽으로 고개를 돌리는 운전자가 몇 명 생겼다. 하지만 차를 멈추지는 않았다.

짙은 회색의 큰 차가 왔다. 나는 그 차에는 신호를 하지 않았다. 차가 너무 깨끗하고 너무 반짝거렸다. 부자의 차였다.

회색 차가 멈춰 섰다. 검게 코팅한 차창이 스르르 소리 없이 내려갔다. 운전자가 길가 쪽으로 몸을 뻗어 우리를 쳐다봤다. 그리고 타이바를 가리키며 내게 물었다.

"저 애는 학교에 있어야 하는 거 아니야? 너희들 일을 구하니? 차에 타. 좋은 곳에 데려다줄게."

타이바 녀석이 앞장서서 올라타려 했다. 나는 녀석의 팔을 움켜쥐고 막았다.

"됐어요! 상관 마요!"

나는 운전자에게 소리쳤다.

운전자가 욕설을 내뱉었다. 다른 차가 오고 있었다. 운전자는 차창을 올리고 떠나 버렸다.

"왜 싫다고 해?"

타이바가 궁금해했다.

"멀쩡한 인간이 아니야. 인신매매꾼이야."

타이바는 못 알아들은 표정이었다.

"우리를 팔아먹으려는 거라고! 몰라? 광산에다 팔아넘기는 거야. 어쩌면 더 나쁜 데에다. 특히 너를."

나는 타이바가 얼마나 어리고 작은 아이인지 새삼 실감했다. 며칠 전에 이어 두 번째로 실감했다. 하지만 해피엔딩을 확신하는 고집불통 믿음 때문에 보통 때의 녀석은 내게 거인처럼 버겁기만 했다. 녀석의 정신 나간 꿈과 엮이기를 거부하는 나를 때려 부수고 밟아 뭉개려는 거인.

우리는 마침내 여기까지 왔다. 스파이크 마포사가 사는 곳이 멀지 않았다. 여기까지 왔다가 이대로 끝나면? 그건 견딜 수 없었다. 타이바를 위해서도, 나를 위해서도.

"형이 나를 안전하게 지켜 주니까 너무 좋아."

타이바가 말했다. 나는 못 들은 척했다.

태양은 점점 뜨거워졌고, 오는 차는 점점 드물었다. 나는 날짜의 흐름을 놓쳤다. 땅속에 있을 때처럼 그냥 오늘이 평일이라는 느낌만 왔다. 일하러 가는 사람들이 보였다.

오토바이 한 대가 요란한 소리와 함께 맹렬한 속도로 지나갔다. 이어서 자동차 두 대와 대형 화물 트럭 한 대가 지나갔다. 탑차 한 대도 지나갔다. 탑차 지붕에 더러운 흰색 닭들을 가득 넣은 닭장이 실려 있었다. 나는 오토바이만 빼고 모두에게 신호를 보냈다. 하지만 속도를 줄이는 차는 없었다.

한동안 아무 차도 오지 않다가 트럭과 자동차가 몇 대 지나갔다. 경찰차 한 대가 왔다. 나는 양손을 바지 주머니에 찔러 넣었다. 심장이 쿵쿵대며 빠르게 뛰었다. 파파 마부소의 경찰 친구면 어떡하지? 다행히 경찰차 안의 남자와 여자는 우리 쪽을 쳐다보지도 않았다.

드디어 작은 트럭 하나가 우리 앞에 멈춰 섰다. 트럭 짐칸은 악취를 풍기며 썩어 가는 양배추가 한가득이었다. 타이바와 나는 운전석 옆자리에 끼어 앉았다. 내가 중간에 앉았다. 나는 둘 중 누구와도 몸이 닿지 않도록 몸을 있는 대로 웅크렸다. 운전사는 물컹하게 생긴 작달막한 아저씨였다.

"어디 가는데?"

"카보퀘니요."

"좋아, 카보퀘니 직전에서 내려 줄게. 나는 거기서 꺾어지거든."

트럭 운전사는 소와 돼지를 기르는 사람에게 사료용 배추를 배달 가는 길이라고 말했다. 그러고는 시답잖은 농담을 주절댔다. 타이바는 하나도 못 알아들었다. 못 알아듣는 주제에, 내가 운전사 기분을 맞춰 주려고 웃는 시늉을 할 때마다 나를 따라서 깔깔 웃었다. 녀석의 행복하고 들뜬 기분이 나한테까지 전염되기 시작했다.

카보퀘니는 큰 도시였다. 근사한 빌딩들도 있었다. 마당에 벽돌과 모래를 쌓아 놓은 집들이 많았다. 너도 나도 집을 늘려 짓고 있었다. 도시 외곽에는 초록색 언덕이 가파르게 솟아 있었다. 우리는 여기서도 큰 교회를 지나갔다. 세인트 메리 교회. 오늘 스파이크를 찾지 못하면 여기서 자야겠다고 생각했다.

카냐마자네를 떠날 때는 너무 이른 아침이라 아무것도 살 수 없었다. 그래서 나는 이곳 행상에게서 바나나를 좀 샀다. 행상 아주머니는 스파이크 마포사라는 이름은 들어 본 적이 없다고 했다.

나는 괜히 이목을 끌고 싶지는 않았다. 집집마다 문을 두드리고, 건물마다 들어가서 스파이크를 아느냐고 물어볼 수는 없었다. 길에 있는 사람들에게 물어보는 것이 가장 안전했다. 행상들, 거지들, 부랑자들, 실직자들.

하지만 스파이크 마포사라는 이름을 들어 본 사람은 아무도 없었다. 우리는 주유소로 가서 남자 화장실 열쇠를 받아다가 손과 얼굴을 씻었다.

"스파이크를 만날 때 깨끗해야 해."

타이바가 말했다.

나는 주유소 직원 중 한 명에게 스파이크에 대해 물었다. 직원도 그런 이름은 들어 본 적이 없었다.

"그림 그리는 남자예요."

나는 계속 시도했다.

"광산 자마자마였던 사람이요."

"아, 그 화가! 그 사람 알아요."

주유소 남자의 얼굴이 확 펴졌다.

물론 본인이 스파이크와 아는 사이라는 뜻은 아니었다. 만약 자마자였던 경험과 땅속에 있었던 경험을 그림으로 그리는 남자를 찾는 거라면, 어느 방향으로 가야 하는지 그걸 안다는 얘기였다.

이제 사람들에게 어떻게 물어야 할지 감이 왔다. 사람들이 우리에게 계속 방향을 일러 주었다. 우리는 도시의 한 동네로 갔다. 거기서 한 번 더 물었다. 질문을 들은 아주머니가 활짝 웃었다.

"스파이크 말하는 거지? 저기."

아주머니는 짧은 흙길을 가리켰다. 흙길 양쪽으로 작지만 깔끔한 집들이 줄지어 서 있었다. 망고나무 그늘에 할머니 한 명이 잠들어 있고, 닭들이 길옆에서 먹이를 찾아 돌아다닐 뿐, 길에는 아무도 없었다.

왜 그랬는지 모르겠지만, 타이바와 나는 길 끝에 있는 집으로 향했다. 우리는 아무런 말도 나누지 않고, 아무런 결정도 내리지 않았다. 그냥 걸어갔다.

낮은 담장에 문이 나 있었다. 어쩐지 그 문이 우리가 찾는 문 같았다. 함석으로 만든 문에 그림이 그려져 있었다. 무엇을 그린 그림인지 한마디로 말하기는 어려웠다. 하지만 나는 그게 뭔지 알 것 같았다. 그것은 땅속에서 처음 나왔을 때 보이는 세상이었다. 대문에 그려져 있는 세상은 눈을 시리고 아프게 하지 않았다.

대문 너머는 흙을 다져 만든 작은 마당길이 이어졌다. 비질이 깨끗하게 된 마당길 양옆으로 옥수수가 자라고 있었다. 집 현관문은 열

163

려 있었다.

나는 타이바를 보았다. 타이바가 떨고 있는 것이 보였다. 남의 집에 함부로 들어가면 안 된다고 했던 엄마 말이 생각났다. 나는 손가락 마디로 대문을 두드렸다. 그리고 불렀다.

"저기요!"

현관문에 한 남자가 나타났다. 남자는 늙지도 젊지도 않았다. 남자의 팔에 근육이 불끈거렸다. 남자는 신문 사진에서 보았던 붉은색 티셔츠를 입고 있었다.

남자의 유난히 빛나는 두 눈이 그와 우리 사이의 거리를 덮었다. 그의 눈이 우리 둘을 보았다. 타이바와 나를 보았다. 그는 우리를 온전히 알아봤다.

"자마자마?"

남자가 말했다. 남자의 얼굴이 활짝 펴지며 미소가 되었다. 우리를 향해 두 팔을 뻗는 미소였다.

"스파이크."

타이바가 그의 이름을 속삭였다.

남자가 집 밖으로 걸어 나왔다. 나는 몸을 기울여 대문 빗장을 열었다. 그리고 뒤로 물러서서 타이바가 그에게 달려가는 모습을 바라보았다.

스파이크 마포사가 우리에게 오렌지 음료를 주었다. 그는 타이바의 말을 처음부터 끝까지 열심히 들었다. 나도 주로 듣기만 했다. 타이바가 적당한 말을 모를 때만 거들었다. 스파이크는 시스와티어도 하고 영어도 했다.

얘기가 끝나자 스파이크는 휴대폰을 꺼냈다. 그는 계속 통화하면서 우리에게 줄무늬 타월을 내주고 집 뒤의 샤워실을 가리켰다.

"너 먼저 씻어."

내가 타이바에게 말했다.

녀석의 얼굴에서 웃음이 떠나지 않았다. 나는 스파이크가 통화를 끝낼 때까지 기다렸다. 나는 그가 일군 삶을 생각했다. 그림을 그리고 채소를 기르며 사는 삶.

이윽고 내가 말했다.

"아저씨, 여쭤 보고 싶은 게 있어요. 처음에는 타이바만 아저씨에게 데려다주고 저는 돌아가서 다시 자마자마가 되려고 했어요. 그런데 지금은… 여자애가 있어요. 파파 마부소의 딸이에요. 그 애는 다리가 불편해요. 하지만 사람답게 살고 싶어 해요. 아시죠? 파파한테서 벗어나고 싶어 해요. 아저씨가 그 애도 도와주실 수 있나요? 우리 모두를 도와주실 수 있을까요?"

스파이크는 머리만 한 번 크게 끄덕였다. 내 부탁이 별것 아니라는 듯이.

"물론이지."

스파이크가 말했다.

우리는 그렇게 스파이크의 트럭을 타고 바버톤 산간지대로 돌아왔다. 경찰차 두 대가 우리와 같이 왔다. 다른 일행은 트럭 몇 대에 나눠 타고 따라왔다.

저녁 무렵이었다. 햇빛이 은은하게 풀리고 하늘이 청회색으로 깊어지고 있었다. 하지만 카테카니의 모습은 똑똑히 보였다. 카테카니가 집에서 나와 섰다. 지팡이에 몸을 기대고 서 있었다. 하나는 그냥 지팡이, 다른 하나는 그림을 그린 지팡이.

카테카니가 몸을 기댈 데를 찾아 벽으로 붙어 서는 것이 보였다. 나는 처음에는 파파에게 맞은 몸이 아직도 불편해서 그런가 보다고 생각했다. 그런데 그게 아니었다. 카테카니는 꽃 그림이 그려진 지팡이를 들어 올리더니, 마치 환호하듯 공중에 흔들었다. 그와 동시에 타이바의 웃음소리와 아이레스를 부르는 소리가 들렸다.

우리가 트럭에서 미처 내리기도 전에 경찰들이 번개같이 집으로 뛰어 들어갔고, 카테카니는 서둘러 헛간 문을 열어 주러 갔다.

이제 타이바가 달려가고 있었다. 녀석은 날아갈 듯 빠르게 달렸다. 타이바의 친구 아이레스가 절룩거리며 헛간에서 나왔다. 카테카니가 아이레스와 함께 나왔다. 다른 리쿠르트들은 뒤에서 우물쭈물하며 헛간 밖만 내다봤다.

짧은 순간이었지만 세 아이가 한 지점에 모였다. 카테카니, 타이바, 아이레스. 타이바가 둘을 부축하고 있는 게 분명했다. 그렇지 않으면 카테카니가 저렇게 지팡이를 높이 흔들며 나를 향해 웃고 있을 수 없을 테니까.

나는 무엇부터 봐야 할지 어지러웠다. 나를 향해 웃고 있는 카테카니. 다시 아이레스를 만난 타이바. 우리의 희망이었던 스파이크 마포사. 어떤 광경이 더 좋은지 고를 수가 없었다.

이 책은 남아프리카공화국에서 자행되는 불법 광물 채굴을 소재로 한
다. 남아공과 주변 여러 국가들이 결탁한 범죄 조직들이 폐쇄 조치된 금
광을 불법 장악하고 금을 채굴한다. 범죄 조직들은 서로 총격전을 벌이며
이런 다툼을 하는가 하면, 불법 채굴을 위해서 인신매매와 아동 노동 착
취를 서슴지 않는다. 특히 이 소설의 배경이 되는 남아공의 바버톤 산간
지역에서 이런 범죄가 빈번히 일어나고 있다.

소설의 주인공 레길레는 어릴 때 스와질란드에서 남아공으로 팔려 와
돈 한 푼 받지 못하고 위험하기 짝이 없는 채굴 작업에 동원된다. 광산에
팔려 온 아이들은 한 번 깜깜한 갱 속에 들어가면 적어도 3개월 동안은
나올 수 없다. 날이 가는지 해가 지는지 모르는 뜨거운 어둠 속에서 아이
들은 가혹한 노동과 학대로 몸도 영혼도 시들어 간다. 나와서도 가축처
럼 갇혀 지내고, 기력을 회복한 이후에는 다시 갱 속에 들어가야 한다. 이
렇게 몇 년이 흘러 레길레는 열여덟 살이 되었다. 지금은 다른 아이들을
통솔하는 반장으로 승격됐고 급료도 받는다. 하지만 그는 이미 예전의
레길레가 아니다. 삶에 대한 기대도 미래에 대한 희망도 말라 버린 지 오
래다. 레길레는 바깥세상의 아름다운 것도, 보고 싶은 얼굴도 잊으려 노
력한다. 굶주린 얼굴로 비실대는 아이들이 밉고 답답할 뿐이다. 아이들을
보면 예전의 자기 모습을 보는 것 같다.

게다가 새로 들어온 타이바라는 꼬마가 작정하고 레길레의 심기를 긁는다. 다른 아이들은 이 지옥에 떨어지면 몇 주 만에 모든 희망을 버리고 '적응'하는데, 이 녀석의 영혼은 어떤 일이 닥쳐도 좀처럼 무너질 줄을 모른다. 갱 붕괴의 공포도 무자비한 폭력도 타이바의 희망을 꺾지는 못한다. 그런데 타이바의 희망이, 타이바가 믿는 사실인지 전설인지 모를 이야기가, 자꾸만 이상한 상황을 만든다. 그리고 레길레가 거부할수록 그 상황은 더욱 강하게 레길레를 끌어들인다. 결국 레길레는 그 미스터리를 풀기 위해서 전혀 예상하지 못했던 길을 떠난다.

《광산 탈출》은 아동의 인권이 유린당하는 실태를 고발하는 소설이다. 소설은 어른들의 탐욕에 희생되는 아이들의 참담한 현실을 담담하게 풀어 놓는다. 하지만 현실을 고발하는 것만큼이나 희망과 인간애를 이야기한다. 우리 안의 영웅을 말하는 소설이다. 어떤 현실에도 꺾이기를 거부하는 희망이 만드는 감동적인 에너지를 보여 준다. 그 에너지가 영웅을 만들고, 그 영웅을 믿는 마음들이 더 많은 영웅을 만든다. 남아공 불법 광산뿐 아니라 세계 곳곳에서 아이들이 노동 착취의 대상으로, 전쟁의 방패막이로, 테러의 인질로 희생되고 있다. 현실 인식만으로는 상황이 변하지 않는다. 이 책은 어떤 어려움에도 상황이 바뀔 거라는 믿음을 버리지 않고, 그 믿음을 현실로 바꾸려 애쓰는 어린 영웅들의 이야기다.

국제 사회는 공식적으로 18세 미만 아동의 노동을 반대한다. 하지만 국제노동기구에 따르면 현재 전 세계 아동은 10명 중 1명꼴로 교육 기회를 박탈당한 채 노동에 동원되고 있다. 그중에 절반은 비인간적이고 위험하고 가혹한 조건의 노동에 내몰리고 있다. 아시아, 태평양, 아프리카, 남미와 중동에서 어린이의 건강뿐 아니라 정신까지 망가뜨리는 잔인한 어린이 노동이 성행한다. 아이들은 오늘도 어른들의 강요에 의해서, 또는 인신매매를 당하고 노예 계약에 팔려서, 자신들은 만져 보지도 못할 금을 캐고, 가지고 놀 수 없는 축구공과 장난감을 만들고, 평생 초콜릿은 맛볼 기회도 없이 카카오를 따고 있다.

《광산 탈출》에 등장하는 타이바와 레길레와 카테카니는 소설 속 가상 인물이지만, 피하고 싶어도 피할 수 없는 우리의 현실이기도 하다. 지금도 세계 곳곳에서 수많은 타이바가 고통당하며 구원의 손길을 기다린다. 타이바가 믿는 영웅 스파이크 마포사처럼, 세상의 비뚤어진 탐욕과 싸워서 이겨 줄 어른들을 기다린다.

2015년 3월

이 재경

Dreaming of Light

열일곱, 외로움을 견디는 나이

어슐러 K. 르 귄 글 | 이재경 옮김 | 128쪽 | 값 8,800원

**혼란과 방황을 겪고 있는 십대들에게
어슐러 K. 르 귄이 건네는 위로의 메시지!**

청소년기에 겪는 외로움과 방황을 섬세한 필치와 시적 아름다움으로 그려낸 작품이다. 십대의 이유 없고 치열한 방황이 느껴지는 이 책은 나는 누구이며 어떤 미래를 만날지 고민하며 열병 같은 사춘기를 겪는 청소년들의 생각을 담백하고 아름답게 그리고 있다.

★ 아침독서 추천도서 | 미국도서관협회 주목할 만한 청소년 책

우리는 땅끝으로 간다

이성숙 장편소설 | 196쪽 | 값 9,500원

**삶을 끝내고자 떠나는 마지막 이별 여행……
그들에게는 눈물겹도록 살고 싶은 내일이 있었다**

자살이 '유행'처럼 된 시대에 죽음을 택할 수밖에 없는 청소년들의 심정을 함께 아파하고 고민하게 한다. 네 명의 청소년들이 스스로 선택한 죽음의 길 끝에서 어떻게 다시 희망을 발견하고 용기를 내어 삶 속으로 돌아서게 되는지를 아름답고 여운이 남는 문체로 펼쳐 나간다.

★ 책으로 따뜻한 세상 만드는 교사들 겨울방학 추천도서 | 문학나눔 우수문학도서
　한국간행물윤리위원회 우수저작 및 출판지원사업 당선작